La Porte étroite

窄门

[法] 安德烈·纪德◎著 巨雯◎译

中国華僑出版社
·北京·

图书在版编目（CIP）数据

窄门 /（法）安德烈 · 纪德著；巨雯译 . — 北京：中国华侨出版社，2022.4（2024.4 重印）

ISBN 978-7-5113-8681-6

Ⅰ. ①窄… Ⅱ. ①安… ②巨… Ⅲ. ①长篇小说－法国－现代 Ⅳ. ① I565.45

中国版本图书馆 CIP 数据核字（2021）第 238315 号

窄门

著　　者：[法] 安德烈 · 纪德
译　　者：巨　雯
责任编辑：张　玉
封面设计：胡椒设计
经　　销：新华书店
开　　本：880 毫米 ×1230 毫米　1/32 开　印张：8　字数：100 千字
印　　刷：三河市华润印刷有限公司
版　　次：2022 年 4 月第 1 版
印　　次：2024 年 4 月第 4 次印刷
书　　号：ISBN 978-7-5113-8681-6
定　　价：39.80 元

中国华侨出版社　北京市朝阳区西坝河东里 77 号楼底商 5 号　邮编：100028
发行部：（010）64443051　　传　真：（010）64439708
网　址：www.oveaschin.com　E-mail：oveaschin@sina.com

译者序

《窄门》是安德烈·纪德“道德三部曲”或“爱情三部曲”中的第二部。如果有什么词可以形容这本书中所描述的爱情，“克制的爱”四个字可能最为妥帖。

初翻此书，译者仿佛跟随作者的回忆，一同来到了诺曼底静谧美好的乡村，来到一切故事开始的那栋乡村别墅。幼时的两人青梅竹马，他们的爱至真至纯，并自觉披上苦行僧的袈裟，分别以爱人为自己的唯一引导，竭力攀爬通往美德巅峰的崎岖窄道。

然而，艾丽莎是不幸的，她目睹了母亲的放荡，得知妹妹的暗恋后自愿做出牺牲，在妹妹获得凡人幸福后又看到爱情走入婚姻后庸俗的模样。所有的一切，将她推入了对精神美德的极端追求，从而再也无法走入世俗的幸福。

在翻译过程中，译者的心情几经跌宕起伏。面对杰罗姆的真挚追求，艾丽莎时常故作镇定、不为所动，令译者心生不解，为其冷漠而气愤；看到她无数次在信中宣告她的爱，却又一次次将他推向更远，更是困惑不已，备觉荒谬。然而，深究这一切背后的根源，又令人扼腕叹息。

《窄门》可以说是纪德人生的写照，也是他一生所追求事物的体现。正如人们所说，读懂了《窄门》，便读懂了纪德的一生。从小深受家庭严厉管教的他，性格中始终有着克制的一面。这一点，在本书中也有着淋漓尽致的体现。杰罗姆将表姐视作偶像，将她捧到极高的位置，对她言听计从，克己修身只为配得上她；而当她从神坛跌落，香消玉殒，他们的这份爱始终未能走进现实。

“你们要努力进窄门！”然而，窄门太窄，正如艾丽莎在生命最后的呐喊：主啊，杰罗姆和我，我们走向您，相互鼓励，携手前行，如同两个虔诚的朝圣者，有时一个对另一个说：“你若是累了，兄弟，就靠在我身上吧。”而另一个则回答：“只要感到你在我身边就足够了……”可是不行啊！您给我们指出的这条路，主啊，是一条窄路，极窄，容不下两个人并肩而行。

但人生路上，只有与他人相伴而行，才不会孤单，路才能走得更远。

目 录

第一章

我要讲的这个故事，换作别人可能会变成一本洋洋洒洒的大作。但是，于我而言，我在这些故事里倾尽全力地活过，在其间探寻心路，追求真爱。往事零零散散，我只想凭借记忆叙说一二，无意刻意雕琢，锦上添花。任何一点刻意而为的修饰可能都会剥夺我借笔回忆往昔的乐趣。

我不到十二岁就失去了父亲，他生前在勒阿弗尔行医。之后，由于那里再没有什么值得留恋，母亲决定迁往巴黎，她认为我在那里能更好地完成学业。她在卢森堡附近租了一间小公寓，弗洛拉·阿什伯顿小姐搬来与我们同住。阿什伯顿小姐没有亲人，她一开始是母亲的家庭教师，后来两人如影随形，成了密友。我的童年就是在这两个女人的身边度过的，记忆中她们同样温柔，同样忧愁，总是穿着丧服。距离父亲去世似乎已过了很长一段时间后，有一天早上，母亲把晨帽上的黑丝带换成了淡紫色的。

“别呀，妈妈！”我大叫道，“这颜色不适合您！”

于是，第二天，我看到她又换回了那条黑丝带。

我自小身娇体弱，母亲和阿什伯顿小姐很怕我生病，对我照顾得无微不至。要不是我还有爱读书的喜好，只怕我会沉溺在她们的关怀中而变成一个无用之人。一到风和日丽的季节，她们看我面色苍白，便决定是时候带我出去散散心了。六月中旬，我们便会动身前往勒阿弗尔附近的丰古泽马尔，舅舅布科林家就在那里，我们每年夏天都是在那里度过的。

舅舅家的房子是一座白色两层小楼，与上个世纪的许多乡村别墅并无二致。它坐落在一个不是很大，也不怎么精致的花园里，这个花园与其他诺曼底花园相比没什么特色。房子朝东，有许多大窗户正对屋前的花园，还有一些面向屋后的花园，房子两边是实体的墙。窗户上镶嵌着小的玻璃窗格，有些是新近才换的，在泛绿的旧玻璃窗格的衬托下，显得格外明亮。

有些玻璃有缺陷，也就是父母辈说的“气泡”。透过这些气泡向外看，看到的树木是变形的，当邮递员经过时，也会像突然驼背了一样。

花园是长方形的，由一堵墙围起来。房子前面是一大片阴凉的草坪，四周环绕着一条砾石路。从较矮的一面墙向外望去，可以看到农场和花园周围的房屋；按照当地的习俗，这个农场以一条山毛榉林荫道为界。

房子西边的花园更加开阔。沿着南侧的树篱墙小径，途中鲜花盛开，厚厚的葡萄牙月桂和几棵树阻挡了海风的侵袭。

沿着北墙有另一条小路——隐没在密林之中，我的表兄妹们过去叫它“黑暗小径”，黄昏后便没人敢去冒险。从两条小径下几个台阶，紧挨着花园的低处是一片菜圃。在菜圃边界的围墙上，有一扇带暗扣的小门通向一个小矮林，两边的山毛榉大道在那里终止。站在西面的门阶上，视线越过这丛矮林眺望远处的高原，会看到庄稼成熟的一片喜人景象。在地平线上的不远处，可以看到一个小村庄的教堂，傍晚静谧时分，几缕炊烟会从农舍的屋顶袅袅升起。

每一个晴朗的夏日傍晚，饭后我们都会去“花园低处”游玩。我们从小暗门出去，一直走到林荫道上的一张长椅处，那里靠近一个废弃泥灰坑的茅草屋顶附近，能将整个乡村景象尽收眼底，我的舅舅、母亲和阿什伯顿小姐会在那儿坐下来。面前的小山谷薄雾缭绕，我们看着远处的小树林，看着夕阳西下的天空变成金色。之后，我们会在花园的尽头逗留一会儿，一直待到天色变暗。我们回家的时候，总会发现舅妈在客厅里。她很少跟我们一起出去。对我们孩子来说，夜晚在这时便结束了，但是很多时候，当我们听到长辈们上床睡觉时，我们还在房间里看书。

一天中所有的时光，除了在花园里待着，其余时间我们都是在“学习室”里度过。那是舅舅的书房，里面摆放了一些课桌。表弟罗伯特和我并排坐着，身后是朱丽叶和艾丽莎。艾丽莎比我大两岁，朱丽叶比我小一岁；罗伯特是我们四个人中最小的。

我在这里写的不只是我早期的回忆，而是与我要讲的故事有关的记忆。我可以说，故事真正开始于我父亲去世的那一年。也许是丧亲之痛所致，或是因为看到母亲的悲伤，我敏感的神经受到过度刺激，这一切都让我过早地成熟了。那一年，当我们再去丰古泽马尔时，我看到朱丽叶和罗伯特只觉得无比幼稚，但是在看到艾丽莎时，却突然明白我们两个已经不再是孩子了。

是的，那正是我父亲去世的那一年。我记得，在我们到达农庄后，母亲和阿什伯顿小姐随后就进行了一次谈话。我无意中闯入了我母亲和她的朋友在一起谈话的房间，她们谈论的话题是舅妈。我母亲很气愤，因为舅妈没有戴孝，或者是过早脱下了孝服。(说实话，我想象不出布科林舅妈穿丧服的样子，就像想象不出我母亲穿亮色服饰一样。) 我们到达的那天，露西尔 · 布科林，就我所记，穿着一件薄纱长裙。

阿什伯顿小姐一如既往地温柔可亲，试图使我母亲平静下来。

“不管怎么说，”她小心翼翼地说，“白色也算丧服吧？”

“那她的红披肩呢？那也算吗？弗洛拉，你竟然替她说话！”母亲喊道。

只有在假期，我才会见到舅妈。毫无疑问，是因为夏天的炎热，她才穿着透薄的低领紧身衣。但是，比起她常披在光肩上的那条鲜艳的围巾，我母亲更看不惯舅妈袒胸露肩的低领穿着。

露西尔·布科林非常漂亮。我身边还有一幅她的小画像，从中可以看出她当年的模样，她看起来如此年轻，以致她可能被当成自己女儿的姐姐。她习惯性地侧身坐着，头靠在左手上，小手指微微向嘴唇弯曲。一副粗眼发网将她卷曲的头发束住，这些头发半开地垂在她的脖子上。在她紧身胸衣的开口处，一个镶着意大利马赛克的吊坠挂在一条松松绑着的黑色天鹅绒颈带上。她黑色的天鹅绒腰带，宽大的飘逸蝴蝶结，挂在椅背上的宽边软草帽——这一切都增添了她外表的稚气。她的右手垂在身旁，拿着一本合上的书。

露西尔·布科林来自西印度群岛的一个家庭：她从未见过她的父母，或者很早就失去了他们。我母亲后来告诉我，当她成为孤儿甚至可以说是弃儿的时候，她被巴斯德·沃提尔和他的妻子收养了，当时他们没有自己的孩子。他们之后很快就离开了马提尼克岛，带着她去了勒阿弗尔，布科林一家在那里定居。沃提尔一家和布科林一家过去经常见面。我舅舅那时在国外的一家银行工作，直到三年后，当他回来与家人同住时，才见到了小露西尔。他爱上了她，并立刻向她求婚，这让他的父母和我的母亲都很难过。露西尔当时十六岁。那时，沃蒂埃夫人又有了两个孩子。她开始担心他们的养女可能会对这两个孩子产生什么影响，因为她的性格变得越来越奇怪，此外，这户人家生活拮据。我母亲告诉我这一切是为了解释为什么沃提尔夫妇如此高兴地接受了她哥哥的提议。就我自己而言，我认为露西尔小姐的处境变得非常尴尬。我对勒阿弗尔的民风非常了解，可以想象这样一个迷人的女孩会受到什么样的非议。后来我认识了巴斯德·沃提尔，他是一个温和的人，既谨慎又朴实，不善于阴谋诡计，也对邪恶束手无策——这个老好人当时一定是到了山穷水尽的地步。我对沃蒂埃夫人印象不深；她在生第四个孩子时死去，这个孩子和我差不多大，后来成了我的朋友。

露西尔·布科林很少参与我们的生活；直到午饭后，她才从房间下楼，然后又会立即躺在沙发或吊床上，一直待到晚上才会站起来，然而依旧是一幅懒意洋洋的神态。她有时会把一块手帕举到额头上，好像在拭汗，尽管她的额头干净光滑，手帕做工精细，散发的香味令我感到惊奇，因为它不似花香，倒更像是水果的香味。露西尔腰间的表链上挂着很多小物件，有些时候，她会从中抽出一面小镜子，上面有一个滑动的银盖。她会瞅着镜中的自己，在嘴唇上沾湿手指，然后湿润眼角。她过去常常拿着一本书，但书总是合起来的，书页之间夹着一个玳瑁书签。如果你走近她，她并不会在思想的游离中回过神来看你。从她疲惫或不经意的手中，从沙发的扶手或从她衣裙的褶皱里，经常会掉落一块手帕、一本书、一朵花，或是一个书签。有一天，当我拿起她的书——你要知道，这是我儿时的一个记忆——看到是一本诗集，我红了脸。

晚餐过后，露西尔·布科林从不会参加餐桌边的家庭聚会，而是坐在钢琴旁，弹奏一曲肖邦的慢版《玛祖卡舞曲》，仿佛从中获得了一种平静的乐趣。有时她会在中间的某个和弦突然停下，音乐戛然而止。

舅妈在的时候，我总感到特别不舒服，那是一种不安的感觉，同时夹杂着钦佩与恐惧。也许是某种莫名的本能使我反对她。我觉得她看不起弗洛拉·阿什伯顿和我的母亲，阿什伯顿小姐害怕她，而母亲则不喜欢她。

露西尔·布科林，我希望我不再对您怀有恨意；我希望能暂时忘记您对我造成了多大的伤害……无论如何，我会尽量不带怒气地谈论您。

那年夏天的某一天，又或者是第二年，因为场景所在的环境从未发生过改变，我的记忆有时会重叠，变得混乱。那天，我走进客厅去拿一本书，舅妈就在那里。我正要离开的时候，她不像往常一样对我视而不见，而是叫住了我。

“你跑这么快干吗？杰罗姆，你害怕我吗？”

我的心怦怦直跳，强迫自己微笑着走近她，还伸出手来。她一只手握住我的手，另一只手抚摸我的脸颊。“你母亲给你穿得多难看啊，可怜的小家伙！”她说。

那时，我经常穿一种大衣领的水手服，舅妈开始拉拽我的衣服。

“水手服的领子要敞开些才好看。”她说着解开了我衣服上的一颗扣子。

“瞧，这下是不是漂亮多了。”她拿出小镜子，凑近我的脸，将光滑的手臂绕在我脖子上，手从我敞开的衣领里伸了进去。她笑着问我痒不痒，手还在继续往下伸。我吓得一把挣脱开，还扯坏了衣服，然后满脸通红地逃出客厅，只听她在后面大喊："呸，你个小蠢货！"

我一路跑到菜圃才停下来，然后掏出手帕，放进一个小池塘里浸湿。我把手帕放到额头上，开始擦洗脸和脖子，将她触碰过的地方都擦洗了一遍。

在有些日子里，露西尔会突然"发疯"。这些时刻往往来得毫无征兆，把家里搞得鸡犬不宁。阿什伯顿小姐急忙带着孩子们离开，让他们做点别的事来分散注意力。但是，尖叫声不时从客厅或卧室里传出来，任谁也不可能听不到。舅舅手忙脚乱，他在走廊里进进出出，或是拿毛巾，或是取醒脑的花露水和乙醚。到晚餐时候，舅妈也没有出现，舅舅一脸愁容，憔悴了很多。

等这阵疯差不多过去了，露西尔会让人把她的孩子们叫到跟前，不过只叫罗伯特和朱丽叶，从来不会叫艾丽莎。在这种阴郁的日子里，艾丽莎会一个人待在自己房间，舅舅有时会进去看她，陪她谈谈心。

舅妈发疯的场景把仆人们也吓得不轻。有天晚上，情况特别严重，我被关在母亲的房间里不许出去，所以不清楚客厅里发生了什么。只听见一个厨娘慌慌张张地在走廊里跑着喊道："先生，快来呀，可怜的夫人要死了！"

舅舅当时还在艾丽莎房间里，母亲赶紧出去找他。一刻钟后，我听到他们在母亲房间的窗户底下说话，他们可能忘记了我还在房间里。母亲的声音传到了我耳朵里："亲爱的弟弟，你知道我怎么想的吗？我觉得她这都是在演戏，"她一字一顿，重复了好几遍，"全都是在演戏！"

这是在假期快要结束时发生的事，距离父亲去世已有两年。我之后不常见到舅妈。在破坏我们家庭生活的最后一场灾难来临之前，还发生了一件小事，让

第一章

我对露西尔·布科林迄今为止所感受到的不确定和复杂的感觉变成了纯粹的仇恨。但在叙述这件事之前，我必须先谈谈我的表姐。

艾丽莎·布科林很漂亮，不过当时年少的我还未能察觉。吸引我的，是她身上散发的一种魅力，而不仅仅是她美丽的外表。毫无疑问，她很像她母亲，但她们的眼神大不相同，因为这一点，直到后来我才意识到她们容貌的相似。我无法描述她的脸，记不清她的五官，甚至连眼睛的颜色都说不上来。我只能回忆起她微笑的表情——那是一个已经非常悲伤的微笑——以及她眉头的线条。她的眉毛挑得老高，在眼睛上方形成一个大大的圆弧。我从未见过这样的眉毛——不，我见过，在一座但丁时期的佛罗伦萨小雕像上。我不由得联想到，贝雅特丽齐（但丁年少时的恋人）小时候应该也有同样的眉毛。这对眉毛让她的整个面容都带着一种好奇的表情，这种表情既焦虑又自信，就像是热情的询问。这让她整个人看起来充满疑问并像是期待某种应答。我将在后面的故事中讲到，她的神情如何占据了我的身心，左右了我的生活。

朱丽叶从外表上来说，可能比姐姐艾丽莎还漂亮。她浑身洋溢着一种快乐健康的光彩。但是她的美缺少姐姐的神韵，更是一种外在的美，让人一览无余，没有回味的余地。至于罗伯特，他没有什么特别之处，只是与我一般大的平平无奇的少年。我过去常跟朱丽叶和罗伯特一起玩耍，但和艾丽莎在一起的时候，我们更多的是交谈。她很少加入到我们的游戏当中来，在我的记忆里，她时常带着一本正经的表情，有时会露出温和的浅笑，或者陷入沉思。我们都谈论些什么呢？两个孩子在一起能聊什么话题呢？别急，我一会儿就告诉你。请容我先讲完关于舅妈的故事，以便之后不用再提起她。

第一章

在父亲去世两年后，我和母亲在勒阿弗尔度过了复活节假期。因为布科林家在城里的房子比较小，所以我们没有住在他们家，而是住在我母亲的一个姐姐那里，她的房子更加宽敞。普朗蒂尔姨妈孀居多年，我很少见到她。我几乎不认识她的孩子们，他们都比我大得多，而且性格和我很不一样。普朗蒂尔姨妈家的房子其实并不在市区，而是坐落在被人们称为“斜坡”的一个半山腰上。从这个小山坡上，可以俯瞰整个市区的景象。布科林舅舅家住在商业区，抄一条陡坡近道，便可以在这两家之间来回走，我每天上上下下能跑好几趟。

有一天，我在舅舅家吃了午饭。饭后舅舅便出门了，我随他一直走到他的办公室，然后折返前往普朗蒂尔姨妈家去找母亲。我到家后才听说母亲和姨妈出门了，要到晚饭时候才能回来。平时难得有这般机会可以在市区游玩，于是我便立即出门，直奔港口。那天的港口阴沉沉的，海雾弥漫。我在码头上慢慢悠悠地逛着，就这样过了一个多小时。突然之间，我心里蹦出一个念头——立马出现在艾丽莎面前，给她个惊喜，尽管我们才刚分开不久。我穿过市区跑回去，按响了舅舅家的门铃。一位女仆开了门，当我正准备冲上楼的时候，她却拦住了我：

“别上去，杰罗姆少爷，千万别上去！夫人又发疯了！”

我没理会她。反正我又不是来看舅妈的。艾丽莎的房间在三楼。一楼是客厅和餐厅，二楼是舅妈的房间，能听到声音就是从这里面传出来的。这是我必须要经过的房间，此时房门正开着，从房间里照出来的亮光把楼梯分成了明暗两部分。我害怕自己被发现，所以犹豫片刻后又躲回到暗处。看清房间里的景象后，我惊讶不已：舅妈躺在房间中央的沙发上，窗帘紧闭，两个点燃的插满蜡烛的大烛台把房间照得很亮。罗伯特和朱丽叶站在她脚边，她身后还站着一名穿着中尉服饰的年轻男子。今天回想起来，让两个孩子在场简直太怪异了；而对于当年那个年幼无知的我，有他们在倒让我觉得安心。两个孩子笑着，看着那个陌生人，而后者则用尖厉的声音说道："布科林，布科林……我要是有只小羊，就给它起名叫布科林。"

舅妈被他逗得大笑起来。我看到她拿出一根烟，让年轻人帮她点着，她吸了几口，然后烟掉到了地上。他赶紧弯下腰去捡，却假装被旁边的围巾绊倒，顺势跪在了舅妈面前。这场面真是好笑至极，却正好使我有机会偷偷溜走。

我来到艾丽莎的门口，等待了片刻。只听楼下传来一阵阵大笑和说话声。我敲了门，但可能是他们的声音盖过了我的敲门声，房间里迟迟未有回应。我推了推门，门无声地开了。房间里一片昏暗，我一时未看清艾丽莎。之后，我发现她跪坐在床边，她身后的窗口透着夕阳西下的最后一缕余晖。我走过去，她转过头看向我，但没有起身，轻声说道：

“啊，杰罗姆，你怎么回来了？”

我弯下腰去亲吻她的脸颊，发现她的脸上满是泪水……

这一刻决定了我此后的整个人生。即使时至今日，每每想起那一幕，我的内心都一阵痛楚。毫无疑问，当时的我还无法完全理解艾丽莎痛苦的缘由，但我强烈地感觉到，这份痛苦于她那颗弱小的稚嫩心灵，以及她在抽泣下颤抖的小小身躯而言，都是无法承受之重。

我继续在她身旁站着，而她依然跪坐着。我心中涌起一股莫名的激情，不知该如何表达，我只能将她的头紧紧搂进我的怀里，唇吻向她的额头，恨不得用整个炙热的灵魂包裹她。我的心里满是对她的爱怜，伴随着说不清道不明的狂热、自我奉献与美德，这些念头在我脑海里交织。我竭力向上帝祈求，我愿奉献自己的一生，只求上帝保佑这个女孩免受恐惧之苦、邪恶侵袭以及生活的伤害。

我跪了下来，用全身心去祷告，并把她紧紧抱在怀里。她隐隐约约说道："杰罗姆，他们没发现你吧。你赶紧走吧，不能让他们看到你。"

接着，她又压低了声音说："杰罗姆，千万不要告诉别人这件事，可怜的爸爸还什么都不知道呢……"

我因此守口如瓶，一个字也没对母亲提起。但母亲总是在和阿什伯顿小姐窃窃私语，两个女人神神秘秘、面色凝重，一说起来就没完没了。在我每次就快要听清她们的言谈之词时，便会受到驱赶："亲爱的，到一边玩去。"一切迹象表明，她们不可能对布科林家的秘密全然不知情。

我们回到巴黎不久，母亲就收到了一份电报，让她尽快返回勒阿弗尔，说是舅妈离家出走了。

“是和谁一起吗？”我问一起留在巴黎的阿什伯顿小姐。

“孩子，你还是以后问你母亲吧，我没法回答你。”我们亲爱的老朋友如是说道。对于这件事，她也感到万分惊愕。

两天后，我们也动身前往勒阿弗尔去跟母亲会合。那是一个星期六。第二天就能在教堂见到表姐妹们了，我满心欢喜，一整天脑海里都只想着这件事。对于还是一个孩子的我来说，在教堂这种神圣的地方会面可是一件非比寻常的事。说到底，我并不关心舅妈的事情，还将不向母亲打听大人们的事视作一种美德。

星期天早上，小教堂里没来多少人。那天，沃提尔牧师显然有意引用了耶稣的一句话作为其布道经文：“你们要努力进窄门。”

艾丽莎坐在我往前几排的一个位置，我能在这里看到她的侧脸。我专注地凝视着她，甚至到了一种忘我的境界。牧师那些热切的话语，像是通过她传递到了我这儿，而非我自己亲耳所听。舅舅此时正坐在母亲旁边，他泪流满面。

牧师先念了一整段经文："你们要努力进窄门。因为引到灭亡之门是宽的，路是大的，进去的人也多。引到永生之门是窄的，路是小的，找着的人也少。"然后，他开始分别阐明每个主题。首先，他讲到大路……我心神恍惚，思绪仿佛游离在梦境中，这时我看到了舅妈的房间。我看到她躺在沙发上，放声大笑；而那位英俊的军官也陪她一起笑着……这些笑声和欢乐的氛围此时在我心里幻化成了侮辱和愤怒，变成一种肆意、猖狂的罪恶行径。

"进去的人也多。"牧师继续讲着。在他描绘的场景中，我看到一大群穿着华服、欢笑着的人们，在欢乐的队伍中前进。我不能也不愿加入他们，与他们同行的每一步，都只会让我离艾丽莎越来越远。

牧师又一次回到这节经文的开头。我仿佛看到了那道必须努力跻身进入的窄门。在梦里，我曾见到过它。它像是一台轧机，我费尽力气才让自己挤进去，虽然进去的过程痛苦万分，却别有一种天恩将至的快乐滋味在其中。转瞬间，这门又幻化成艾丽莎的房门，为了能进去，我屏息凝神，尽可能缩小身形，将一切杂念排出体外。

牧师继续讲道："引到永生之门是窄的。"在所有的痛苦和悲伤之外，我想象着——我有另一种快乐，它是纯洁的、神秘的、天使般的，我的灵魂已经为之着迷。我想这种快乐就像小提琴的歌声，既清脆又柔美，又像冲天的炽热火焰，将我和艾丽莎的心猛烈燃烧。我们一起前进，穿着《启示录》中提到的白色长袍，手拉着手，朝着同一个目标前进。

这些幼稚的梦想必会让读者忍俊不禁吧。我在此只是原封不动地将它们讲述出来。某些语言表达欠妥或者描绘得不完整，可能会让人产生困惑，我或许也没能确切地传达自己当时的心境。

“找着的人也少。”牧师最后讲道，并传授了找到窄门的途径。

“找着的人也少”——我希望能成为这少数人之一。

布道快结束时，我整个人的精神已经非常紧张。我不再去看表姐，礼拜一结束，就逃也似的离开了教堂。出于自负，我急不可待地想要考验自己——我已暗下决心，定要竭尽全力去配得上表姐。

第二章

这种苦行式的严厉训诫磨砺了我的心性，令我自然而然地恪守本分。再加上父母以身作则，用清教徒的戒律来约束我情窦初开时的情感冲动，使我更加崇尚人们常说的“美德”。对我来说，自我克制就像别人的自我放纵一样自然。我所受到的这种严厉教导非但不使我感到讨厌，反而令我觉得欣慰。对于未来，我追求的与其说是幸福，不如说是为了获得幸福而付出的无限努力。在我心里，幸福和美德已经融为一体了。当然，我还只是个14岁的男孩，思想尚不成熟，性情未定，但对艾丽莎的爱很快就促使我在所选的这条路上，义无反顾地走得更远。内心的顿悟使我认清了自己：我发现自己有点内向、尚未成熟、喜欢沉思；我对别人多少有些漠不关心，没有进取心，除了获得克己方面的满足之外，没有其他野心。我喜欢看书，只参与那些需要动脑筋或付出努力的游戏。我不常和同学们来往，即使偶尔同他们玩耍，也不过是出于友情或者礼貌。然而，一年之后，当阿贝尔·沃蒂埃来巴黎与我同班学习的时候，我却和他成了朋友。他是一个可爱又懒散的男孩，我不认为他有多大本事，但还是喜欢他。跟他在一起，我至少可以聊一聊勒阿弗尔和丰古泽马尔，因为我的思绪总是飞向那里。

至于我的表弟罗伯特·布科林，他也和我在同一所学校读书，比我们低两级，但我也只有在星期天才会见见他。如果不是因为他是我表姐妹的弟弟，我才不乐意见他，更别说他长得一点儿也不像她们。

我当时沉醉在爱情中，而且正是在这种爱情的沐浴下，我才懂得这两个朋友对于我是多么的重要。艾丽莎就像福音中所说的一颗价值千金的珍珠，而我就像那个倾家荡产也要得到它的人。我还是个孩子，是否不该谈论爱情，不该用这个名字来表达我对表姐的感情？但随着阅历的增长，我愈发觉得没有什么比爱情这个词更配得上这份感情——而且，当我长大成人，真实地体验到了肉体上的焦虑不安时，我对艾丽莎的感情在本质上并没有什么变化。从年幼时，我就只有一个念头，那就是要配得上她，如今我也从未奢望过直接占有她。无论是努力学习还是助人为乐，我都偷偷地把我所做的一切当作是献给艾丽莎的礼物。这样一来，我便能使自己的德行更加完美。同时，我也总是把她蒙在鼓里，不让她知道我所做的一切都是为了她。于是，我忘乎所以地陶醉于一种克己修身的谦逊之中。唉，久而久之我竟然忘记了自己的真实喜恶，以致不遭受点磨难心里就不舒服。

这样一种争强好胜，是否只激励着我一人呢？我没察觉到艾丽莎有任何反应，她也从未因为我或为我做什么事，尽管我的一举一动皆是为她。她的心灵朴实无华，透露着最自然的美。她的德行如此优雅充盈，让她看起来自在从容。就连她时而露出的严肃表情，也因孩童般的笑容而平添魅力。我恍若再次看到她那极其温柔、略带疑问的目光，也便理解了为何舅舅每次在烦闷苦痛之时，会去长女那里讨主意，寻求支持和宽慰。第二年夏天，我经常会看到他们父女在谈心。悲伤让舅舅看上去苍老了很多，他在餐桌前变得少言寡语，偶尔强颜欢笑，却比沉默不语更让人心疼。他经常待在书房里一根接一根地抽烟，直到傍晚时分艾丽莎去找他。在艾丽莎的再三恳求之下，他才会起身出去走走。她像领着一个孩子一样，带他到花园里散步。他们沿着花径走下去，到了菜圃台阶前的圆形路口，就在那里事先摆好的长椅上坐下来。

一天傍晚，我躺在一棵大的黄铜色山毛榉树下，在那片树荫下的草地上看书，忘了时间。隔着一排月桂树篱就是那条花径。月桂树篱虽然阻挡了我的视线，却阻挡不了说话的声音。我听到了艾丽莎和舅舅的谈话。显然，他们一直在谈论罗伯特；然后我听到艾丽莎提到我的名字，我刚开始听清他们的话，就听舅舅高声说道："啊！他呀，他什么时候都爱学习。"

我无意中成了偷听者，真想立马走开，哪怕弄出一点动静，好让他们知道我在这儿。可是，做点什么好呢？咳嗽一声？或者喊一嗓子："我在这儿，能听到你们说话哦！"我最终还是没出声，倒不是因为好奇心让我想多听一会儿，而是觉得有点尴尬和害羞。再说，他们也只是从这里经过，我也只能听到只言片语而已。但是，他们走得极慢。艾丽莎肯定像平常一样，挎一个轻巧的篮子，边走边摘下那些开败了的花朵，捡起被海雾催落在果树下的青果。

我听见她清亮的声音："爸爸，帕利西埃姑父是个出色的人吗？"

舅舅的声音低沉含混，我没听清他的回答。艾丽莎又追问道："是很出色的人吗？"

舅舅的回答依旧含混不清。接着，艾丽莎又问道："杰罗姆挺聪明的，对吧？"

第二章

这次，我忍不住竖起耳朵来听了。但是，依旧什么也听不清。她继续问道：

“那你认为他会成为一个出色的人吗？”

这回，舅舅的声音才高了起来：

“孩子，首先我得搞清楚你是怎么理解‘出色’这个词的。有些人很出色，表面上却看不出来，至少在世人看来并不出色……但在上帝眼里非常出色。”

“是的，我也是这么理解的。”艾丽莎说道。

“再者，现在能说得准吗？他还很年轻……当然，他会是个有出息的孩子，但要取得成就，光凭这一点还不够。”

“那还需要什么呢？”

“孩子，你叫我怎么说呢？还需要信心、支持和爱情……”

“你说的支持指什么？”艾丽莎打断他的话。

“感情和尊重，而我这辈子缺少的正是这些。”舅舅回答道，语气中透露着悲伤。接着，我便完全听不到他们的声音了。

无意间偷听了别人的谈话，这让我羞愧万分，于是在做晚祷的时候，我便打定主意要向表姐认错。也许是好奇心作祟，这次我想多了解一些情况。

我还没开口说上几句话，艾丽莎便说道：

“可是，杰罗姆，偷听别人讲话很不好。你应该提示我们一下，或者干脆走开。”

“真的，我不是要存心偷听……只是无意间听到……再说，你们也只是打那经过。”

“我们走得很慢。”

“是，但我几乎没听到几句，而且很快就听不到你们说话了……告诉我，你问舅舅怎样才能成为一个出色的人，他是怎么回答的？”

“杰罗姆，”她笑着说道，“你都听得一清二楚，还要让我再说一遍吗？你是故意逗我玩呀。”

“我保证只听到了开头……听见他说需要信心和爱情。”

“他还说，需要很多其他东西。”

“那么，你是怎么回答的呢？”

艾丽莎的神情突然变得异常严肃。

“当他谈到生活中需要有人支持时，我回答说你有你的母亲。”

“啊？艾丽莎，你应该明白，母亲不可能陪伴我一辈子呀。再说，这也不是一回事。”

艾丽莎低下头：“爸爸也是这么回答我的。”

我颤抖着拉起她的手：“无论我将来成为什么样的人，都是为了你才甘愿成为那样。”

“但是，杰罗姆，我也可能离开你呀。”

我发自肺腑地说道：“但我永远也不会离开你。”

她微微耸了耸肩：“你就不能坚强点，独自前行吗？我们每个人都应独自走到上帝那里去。”

“但是，必须有你来为我指路。”

“有基督在，你何须还要另寻他人来指路呢？我们同向上帝祈祷并彼此相忘，难道不正是我们相互最接近的时刻吗？”

“是的，让我们相聚。”我打断她，“这正是我每天早晚向上帝所祈求的。”

“难道你不明白在上帝那里聚首是怎么一回事吗？”

“这我完全明白。就是在共同崇拜的事物那里，我们欣喜若狂地重聚。我觉得正是为了与你相聚，我才去崇拜我知道你也崇拜的东西。”

“那你的崇拜动机一点也不纯洁。”

“不要对我太过苛求了。如果你不在天国，那么天国于我也毫无意义。”

她惊讶地用手指捂住了嘴，语气颇为严肃地说道：“先去寻找天国和天理吧。”

在记录这些对话时，我就明显地感觉到，这在有些人看来可能不太像孩子会说的话。但是，有时候孩子之间就是喜欢故意用严肃的言辞说话。我能怎么办呢？设法辩解吗？我既不辩解，也不加以粉饰，或许这样反而显得更自然一些。

我们找来拉丁语版的福音书，大段大段地背诵下来。艾丽莎借口辅导弟弟，也早就开始跟着我学习拉丁文。但是现在想来，她不过是为了跟着我一起朗读罢了。诚然，任何一个学科，没有艾丽莎陪我一起学习，我都无法轻易地产生兴趣。这一点有时固然会对我有所妨碍，但并不会像有些人想的那样阻碍我思想的飞腾。情况正相反，我倒觉得她在任何方面都无比自如地走在我前面，而我总是依照她来选择自己的精神之路。当时，占据我们身心的，我们所称的“思想”，只是某种更为微妙的交融的托词，只是对藏在心底的感情的修饰和爱情的遮掩。

母亲一开始不免有些担心，她无法衡量我和艾丽莎之间的这份感情到底有多深。现在，她感到日渐体衰，就喜欢用母爱将我们俩搂抱在一起。母亲已患心脏病很多年了，近来发作得越来越频繁。有一次发作得尤其厉害，她就把我叫到跟前，说道："我可怜的孩子。你看见了，我越来越老，有一天可能会突然抛下你离开人世。"

她住了声，艰难地喘息着。我再也忍不住了，大声喊出她似乎期待我说的话："妈妈……你知道的，我想娶艾丽莎"。

我的话显然道出了她最隐秘的心事，她马上接口说："是啊，杰罗姆，我正想跟你谈这事呢。"

"妈妈！"我啜泣着说，"你认为她是爱我的，对吗？"

"是的，孩子。"她温柔地回答道，重复了好几遍，"是的，我的孩子。"然后又吃力地补充说，"主自会安排”。

我弯曲身体贴近她，她便把手放在我头上，又说道：“愿上帝保佑你们两个孩子，愿上帝守护你们。”说罢，她便迷迷糊糊地睡着了，我也不忍心再去唤醒她。

这段谈话便这样戛然而止了。第二天早上，母亲看起来感觉好多了，我也去上学了，一时没有机会继续昨晚交心的话语。况且，我又能多了解些什么呢？艾丽莎是爱我的，对此我一刻也未曾怀疑过。这种疑虑即使在我心里萌生过，但随着之后发生的一件哀痛之事也烟消云散了。

母亲在一天傍晚安详地离世了，临终只有我和阿什伯顿小姐陪伴左右。最后一次发病夺走了她的生命，起初病情并不比之前的几次严重，但病情突然恶化，亲戚们都还未来得及赶到。头一天晚上，只有我和母亲的老友为她守灵。我深爱着我的母亲，但我惊奇地发现，虽然我的眼泪不住地往下流，但是我的心里并不怎么感到悲伤，更多的是对阿什伯顿小姐的同情。她眼看着比自己小得多的好友躺在面前，比她更早一步去见了上帝。此时的我，心中念想着表姐就要来奔丧了，这个念头比悲痛来得更加强烈。

舅舅第二天便赶到了，他还带来了艾丽莎的一封信。艾丽莎和普朗蒂尔姨妈晚一天才能到。信中这样写道：

杰罗姆，我的朋友，我亲爱的弟弟，我多么遗憾，未能在她临终前，同她讲出她期待已久的那些话，满足她心中所愿。愿她能够在天国宽恕我。从今往后，上帝便是我们人生唯一的指引了。再会，我可怜的朋友。你无比深情的艾丽莎。

第二章

这封信意味着什么呢？她遗憾未能讲出的那些话，究竟是什么呢？莫不是定下我们的终身之事？我还很年轻，不敢急于向她求婚。更何况我还需要她的承诺吗？我们不是已经跟订了婚一样吗？我们相爱，对于我们的亲友来说，这早就不是什么秘密了。舅舅和母亲一样，对我们的感情未加阻挠，甚至正相反，他已经把我当儿子一般对待了。

没过几天便是复活节了，我去了勒阿弗尔，住在菲莉西·普朗蒂尔姨妈家里，但几乎每顿饭都在舅舅布科林家里吃。

普朗蒂尔姨妈是世界上最和善的人了，然而，无论是我还是表姐妹，跟她都不怎么亲密。她总是忙忙碌碌，累得上气不接下气。她的动作一点儿也不轻柔，说话声音也不动听，就连爱抚我们的时候也笨手笨脚。一天不分什么时候，只要她看着我们喜欢，便要上来一顿亲热。布科林舅舅喜欢她，但光从他同她说话的语气中也不难觉察出他更喜欢我母亲。

“亲爱的孩子，”一天傍晚她对我说，“不知你今年夏天打算做什么呢？我要先了解你的计划，再决定我要做什么。要是我能帮上什么忙的话……”

“我还没怎么考虑过，”我回答道，“可能会去旅行吧。”

她又说道：“你要知道，不论是我这里，还是丰古泽马尔那边，我们都随时欢迎你。你去那边的话，舅舅和朱丽叶都会很高兴。”

“您是说艾丽莎吧！”

“对的对的，真抱歉……说了你可能不信，我还以为你喜欢朱丽叶呢！还是在一个月前，你舅舅才告诉我你喜欢的是艾丽莎。你知道，我非常喜欢你们这帮孩子，但见面的机会太少啦，所以不太了解你们。再说，我也不怎么擅长观察，也没时间停下来去仔细观察一下那些与我不相干的事。我经常见你跟朱丽叶一起玩，就心想，她人长得漂亮，又经常乐乐呵呵的。”

“是的，我现在还是愿意跟她一起玩，但我爱的人是艾丽莎。”

“很好，很好！这事由你自己。我呢，你也知道，不是很了解她。她比她妹妹话少。我想你肯定有充分的理由才会选择她。”

“但是，姨妈，我不是经过挑选才去爱她的，我从没想过需要什么理由……”

“别生气，杰罗姆，我和你说这些没有恶意。我要说什么话来着？被你一搅和都给忘了。对了，你们以后肯定要结婚的，但你还在服丧，这个时候订婚有些不妥。再说，你也还小，你母亲不在了，你一个人去丰古泽马尔，难免惹人闲话。”

“对啊，姨妈，所以我才说要去旅行的嘛。”

“没错，孩子。但是，我想如果我陪你一起去丰古泽马尔的话，肯定能帮上一些忙。我已经安排好了，今年夏天能腾出些时间。”

“我如果让阿什伯顿小姐陪我去，她应该会愿意的。”

“对，我知道她一定会去。但是这还不够，我陪你们一起去吧。当然，我肯定不是想取代你母亲的位置。”她说着突然抽泣起来，然后继续说道：“我可以管管家务，肯定不会让你、你舅舅和艾丽莎感到碍事。”

姨妈显然低估了自己的影响力。说真的，她在只会让大家都感到不自在。

如她所愿，七月初她就住到了丰古泽马尔。没过几天，我和阿什伯顿小姐也住了过去。

她借口帮助艾丽莎料理家务，让这个十分清静的住宅回荡着持续不断的喧闹。她为了讨我们欢心而大献殷勤，用她的话说“方便大家”，却热情过了头，使我和艾丽莎在她面前极不自在，几乎不怎么吭声。她一定觉得我们之间的感情很冷淡……但即使我们开口说话，难道她就能明白我们的爱情是怎么回事吗？相反，朱丽叶的性格特别能够适应这种过分的热情，而我眼见姨妈更偏爱小侄女，心中不免生出一些怨愤，这也影响了我对姨妈的感情。

一天早上，姨妈收到一封信，便把我叫到跟前："可怜的杰罗姆，万分抱歉。我女儿病了，她叫我回去。我恐怕不得不离开你了……"

我满怀毫无必要的顾虑，跑去问舅舅，不知道姨妈离开后，我是否还应继续留在丰古泽马尔。可是，我刚一开口，舅舅便嚷道："这是什么胡话！我那可怜的姐姐总是把事情搞得复杂。这不是很自然的事吗？你干吗要离开我们？你差不多都已经是我家的孩子了，不是吗？"

姨妈在丰古泽马尔待了半个月便离开了。她一走，这所住宅就清静了，又恢复了一种让人感觉幸福的静谧。丧母之痛并未给我和艾丽莎的爱情蒙上阴影，只仿佛增添了几分严肃的色彩。一种日复一日的单调生活开始了，我们像是置身于音效超好的环境中，连心脏最轻微的跳动都能听得到。

姨妈离开几天后，我们在晚上用餐时聊到她。

“真是个闹腾的人啊。”我们说道，“生活的起起伏伏，难道就不会让她想要停下来歇息片刻吗？爱情的美丽外表，它在你心上会映射成什么样？”我们这样讲，是想起歌德的一句话，他在描述施泰因夫人时写道：“去看世界在她心灵上投下的映像，那一定很美好。”我们当即就排起来一种等级，将擅长沉思冥想列为上等品质。

舅舅此前一直沉默不语，这时却苦笑着责备起我们：

“亲爱的孩子们，人的形象即使破碎了，上帝也能认出来。我们不能凭借生活中的一个片段去评价他人。我那可怜的姐姐，她身上有很多不讨人喜爱的地方，但全都是有缘由的。我非常了解她，因此不能像你们这般严厉地批评她。人年轻时都有讨人喜爱的品质，年老便会招人嫌。你们说她闹腾，可要是见过她最初的样子，便知道她曾经是多么率性可爱，兴致所至，便会忘乎所以。我可以肯定，我们当年的模样和你们如今没什么两样。我那时候就挺像你，杰罗姆，可能比我认为的还要像。普朗蒂尔就像现在的朱丽叶……是的，长得也像。”舅舅转过身对着小女儿说道：“你说话时的某种声调会让我猛然想起她。她笑起来的样子也跟你一样，坐姿也是。有时她会像你这样闲坐着，臂肘朝前，交叉的手指抵着额头。不过，很快她又会换个姿势。”

阿什伯顿小姐朝我转过身来，用极低的声音对我说道：“你母亲，她跟艾丽莎很像。”

这年夏天，阳光无比明媚，万物都沐浴在碧蓝的晴空之下。我们兴高采烈，痛苦和死亡的阴影也被夏日的热情驱散。每天早晨，我在快乐中醒来，天一亮就冲出门去，迎接新一天的到来。这段在晨曦和朝露中浸润的时光美好无比，之后也总出现在我的梦里，给我的心以温暖和慰藉。朱丽叶比习惯晚睡的姐姐起得早，她常随我一起去花园。她成了我和艾丽莎之间的信使，我总是没完没了地给她讲述我们之间的爱情，她好像也听不厌。我对艾丽莎爱得太深，因而面对她时我总有些拘谨和害羞，有些话也不敢轻易诉说，现在便一股脑儿都讲给了朱丽叶听。艾丽莎对我们之间的这种消遣听之任之，见我同她妹妹畅谈似乎也很开心，她却不知道或者佯装不知道，其实我们只是在谈论她。

爱情啊，狂热的爱情，你在美妙的矫饰下，不知通过什么途径，竟把我们从笑引向哭，从极天真的欢乐引向对美德的追求！

夏天的时光一点点过去，纯净温润，在我的记忆里似乎没有留下什么痕迹。我唯一记得的就是我们一起看书和谈话。

“我做了一个伤心的梦，”暑期快要结束的一天，艾丽莎对我说，“我梦见自己活着，你却已经死了。不，我没有看到你死去，只是知道这么一回事：你已经死了。这太可怕了；但我知道这不可能，所以我确信你只是暂时不在我身边而已。我们天各一方，但我知道会有办法和你相聚。所以我拼命想办法，一急之下便醒了。”

“今天早晨，我感觉仍在梦中，仿佛还在继续做梦。感觉还是和你分离了，要分开很久、很久……”说到这里，她声音压得极低：“我们须倾尽一生，付出极大的努力，才能在一起……”

“这是为何？”

“每个人都是一样，都得付出极大的努力，才能重新相聚。”

我没有把她的这番话当真，或许是害怕当真。我的心怦怦直跳，突然之间我鼓起莫大的勇气，像是为了反驳她一般说道：“我呢，今天早上也做了一个梦，梦见我要娶你，要结合得非常牢固，除了死亡，什么都不能将我们分开。”

“你认为死亡会把人分开吗？”她问道。

“我是说……”

“恰恰相反，我认为死亡能把人拉近……会让生前分离的人再聚首。”

这些话深深扎进了我们心里，甚至连当时说话的语调，至今仍犹然在耳。后来过了很久，我才逐渐认识到这些话语的严重性。

夏天悠然的日子过去了，田野里的庄稼已经收割完，一片光秃秃的景象。放眼望去，视野非常开阔。

第二章

我动身离开的前一晚，不对，是离开前两晚的傍晚时分，我和朱丽叶一起出门散步，走到了花园低处的小树林。

“你昨天给艾丽莎背诵什么来着？”朱丽叶问道。

“什么时候？”

“就在泥灰场旁边的长凳上，我们先走了，你俩还留在那里……”

“哦……想必是波德莱尔的几首诗。”

“是哪几首？你愿意念给我听吗？”

“我们即将沉入冰冷的暗夜，”我不大情愿地背诵道。不料她立即打断我，用颤抖而变了调的声音接着背诵起来：“永别了，短暂夏日的流光！”

“怎么？你也会背！”我惊讶极了，高声说道，“我还以为你不喜欢诗呢……”

“为何这么说？就因为你从没给我背过诗吗？”她笑着说道，但似乎有些难为情，“有时候，你好像觉得我是个十足的傻瓜呢。”

“非常聪明的人也不见得就喜欢诗歌呀！我从来没听你念过诗，而你也没要我陪你背诵过呀。”

“因为那被艾丽莎包揽了。”她停了片刻，又突然问道，“你后天就要走了吗？”

“是呀，该离开了。”

“今年冬天你打算做什么？”

“在巴黎高师读一年级。”

“你准备什么时候和艾丽莎结婚？”

“等我服完兵役吧。起码还得等我稍微能确定将来要做什么之后再说。”

“你还不确定将来要做什么吗？”

“我还不想知道。我感兴趣的事情很多，现在还不想匆匆做出选择，因为一旦做了选择，便只能沿着那一条道走下去了。”

“你推迟订婚，也是因为心还没定下来吗？”

我耸耸肩，未做回答。她追问道：

“你们还在等什么呢？为什么不马上订婚呢？”

“我们为什么要订婚？我们知道彼此属于对方，并且对彼此的心也永远不会变，这还不够吗？何必要通知所有人呢？如果我心甘情愿将一生奉献给她，又何须用许诺来维系这份爱情，这样就能更美好吗？我可不这么想，誓言对我来说是对爱情的侮辱。只有我不信任她，才会想要跟她缔结婚约。”

“不是说我不信任艾丽莎……”

我们走得很慢，不觉来到了圆形路口，记得之前正是在此处，我无意中听到了艾丽莎与舅舅的谈话。忽然间，我脑海中萌生出一个念头，我刚看到艾丽莎也到花园来了，或许此时她就坐在路尽头的台阶上，同样能听到我们的谈话，那平日里不敢当她面说的那些话，何不在此借机一吐为快呢。这个念头让我起了兴致，甚至有些窃喜，于是我提高了嗓门：

“啊！”我大声说道，显出在我这个年龄略显浮夸的激情。由于一心专注于自己要抒发的情感，我并不在意朱丽叶说到一半的话语……

“我们若能俯向我们心爱之人的心灵，就像对着一面镜子，看看映出的我们是一副什么形象，那该有多好啊！从别人身上看自己，好比自省吾身，甚至看得还要清楚。这种温情多么让人心安！这种爱情是多么纯洁！”

我自鸣得意，认为我这种蹩脚的抒情搅乱了朱丽叶的方寸，只见她突然把头埋在我的肩头：

“杰罗姆！杰罗姆！我希望我可以确信你会让她幸福！如果她也因你而承受痛苦，我会憎恨你。”

“不会的，朱丽叶。”我高声说道，抱了抱她并抬起她的脸说，“若真那样，连我也会憎恨自己。你明白我的心。我迟迟未能决定要从事的职业，是因为我希望能同她开始更好的生活。我的未来悬而未决，一切都是为了她。如果没有她，无论将来我成为什么样的人，我都不愿意……”

“你对她谈论这些时，她怎么说呢？”

“我从未跟她谈论过这些，从来不谈。也正因为如此，我们到现在还没订婚。我们之间，从来不提结婚的事，也不会谈论婚后如何如何。朱丽叶啊，在我看来，和她在一起生活简直太美好了，所以我不敢……你明白吗，不敢跟她谈论这些。”

“你是希望以后给她个惊喜，让她感觉到幸福。”

“不，不是这个意思。我害怕吓着她，你懂吗？我怕自己隐约望见的巨大幸福，会吓到她。有一天，我问她想不想去旅行，她却回答说什么也不想，只要知道有哪些奇异的地方存在，有人能够去到那里，这便足够了。”

“那你呢，杰罗姆，你渴望去旅行吗？”

“哪里都想去！在我看来，人生就是一场漫长的旅行，我愿和她一道，徜徉在书籍中，穿越人群，遍历世界的每个角落……你想过‘启航’这个词吗？”

“有啊，我经常思考这个词。”朱丽叶喃喃地说。可我听而不闻，她的话像可怜的受伤小鸟般坠落在地。

“连夜启程，拂晓醒来，已是霞光漫天。在变幻莫测的波涛之上，只有我们两人……”

“然后，你们抵达小时候在地图上看到过的一个港口，一切都是那么陌生。我可以想象到：你从船梯上下来，手挽着艾丽莎……”

“我们赶紧奔向邮局，”我笑着补充道，“去取朱丽叶写给我们的信。”

“信是从丰古泽马尔寄来的，她一直留在那里，而在你们眼里，丰古泽马尔已变成一个渺小、凄凉和遥远的地方……”

这些是她的原话吗？我记不太清了。因为就像我前面所说，当时的我完全沉浸在自己对爱的表达中，对其他的声音仿佛都充耳不闻。

我们来到了台阶附近，正准备掉头往回走，忽见艾丽莎从暗处钻出来。她面色十分苍白，朱丽叶见了不禁惊叫起来。

“我感觉不太舒服。”艾丽莎结结巴巴地说道，“外面有点凉，我还是赶紧回去吧。”她话音未落，就离开我们，快步朝房子走去。

“她一定是听到我们说的话了！”等艾丽莎稍走远一点儿，朱丽叶就急忙喊道。

“可我们并没有说什么让她难过的话吧，相反……”

“别管我。”她说着，便跑去追赶姐姐。

那晚我辗转难眠。艾丽莎下楼来吃晚饭，但又抱怨着头疼，随即就回房去了。我们的谈话，不知她听到了几分。怀着惴惴不安的心情，我回想之前说过的话。继而又想到，或许我跟朱丽叶散步时不该挨得那么近，我不该用手臂搂着她。然而，这是我们打小就养成的习惯啊，艾丽莎不止一次见过我们这样散步。唉！我真是个可怜的瞎子，只顾摸索寻找自己的过错，居然没有考虑过朱丽叶说的话。她的话我没注意听，这会儿也记不大起来，也许艾丽莎听得更清楚。管它是什么缘由！我忐忑不安，一时乱了方寸，一想到艾丽莎可能对我产生怀疑，就慌乱不堪。我努力克服自己的疑虑和恐惧，暗下决心第二天便去向艾丽莎求婚，不管这样做会产生什么后果，也不顾白天跟朱丽叶说过的话，或许正是她关于订婚的话影响了我。

那是我离开的前一天。艾丽莎面露忧伤，想必也是归咎于此吧。看得出来她在躲我。整个白天，我都没有单独和她相处的机会，我真担心该说的话还未说出口自己就得走了，于是在快吃晚饭之前，我径直去她的房间找她。她背对着房门，面前放着一面镜子，镜子两侧各点燃一支蜡烛。她抬着两只手臂，微微探着身子，正往脖子上系一条珊瑚项链，眼睛盯着肩头上方。她在镜子中发现了我，持续注视了我半晌，却未转过身来。

“咦，我的房门没关吗？”

“我敲门了，但你没有应声。艾丽莎，你知道我明天要走了吧。”

她没有回答我，只是把没能扣上的项链放到壁炉上。如果直接提“订婚”，可能显得太过直白、唐突，我便用一种迂回委婉的方式表明了自己的心意。艾丽莎一明白我的意思，就似乎有点站立不稳，便靠到壁炉上。我自己也抖得厉害，根本不敢抬头看她。

我站在她身边，拉起她的手，却没抬起眼睛。她没有把手抽回去，而是稍稍低下头，抬起我的手亲吻了一下。她半依偎在我身上，轻声说道：“不，杰罗姆，我们还是不要订婚吧。求你了。”

我的心怦怦狂跳，想来她也感觉到了。她的声音更加温柔：“不，现在还不要……”

“为什么？”我追问她。

“我还想问你呢，为什么？为什么改变主意？”

我不敢提及昨晚的谈话，她定睛看着我，一定猜出我在往那儿想，于是像是在解答我的疑惑，她回答道：“你误会了，亲爱的。我并不需要那么多的幸福，我们现在这样不也挺快乐吗？”

她想笑笑，却没能笑出来。

“不快乐，因为我就要离开你了。”

“听我说，杰罗姆，今晚这会儿，我不能同你再谈些什么……这是我们最后相聚的时光，别扫了兴。不，不，我还是像往常一样爱你，我会写信给你解释的。我保证给你写信，明天就写……你一走就写。你快下楼吧，瞧我都要哭了……让我自己待会儿吧。”

她轻推我，把我推离了身旁。这便是我们的告别，因为当天晚上，我再没机会同她说上什么话。次日我动身的时候，她还把自己关在房间里。我看见她站在窗口，向我挥手道别，目送我乘坐的车子驶远。

第三章

差不多有一年光景，我未见过阿贝尔·沃蒂埃。他没等到征兵便提前入伍服兵役，而我则在校攻读学位。我们同年进了巴黎高师，我比阿贝尔小两岁，可以等到毕业后再服兵役。

我们再次重逢时都欣喜不已。他离开部队后，又去旅行了一个月。我真担心见面后认不出他来。他昔日的魅力丝毫未减，还增添了几分自信。开学的前一天下午，我们是在卢森堡公园里度过的。在他面前，我憋不住一点心事，一股脑儿地把我对艾丽莎的爱全部向他倾诉，跟他谈了许久。况且，他对我的恋情早已知情。这一年中，他同一些女人有过交往，不免有点优越感，显出一副自命不凡的神情，对此我并不介意。他笑话我不善于决断，照他所说的原则，绝不能让女人冷静下来。我由他去说，但我心想他这套高论对我和艾丽莎都不适用，只能表明他对我们还不十分了解。

第三章

回到学校的次日，我收到这样一封信：

亲爱的杰罗姆：

对于你提议之事，我思考良久。（也是我提议之事，姑且这么称呼我们的订婚吧。）我年长你几岁，恐怕并不适合你。你当下可能不这么觉得，因为你尚未有机会去见识别的女人。但我想到嫁与你后，如若有天失去你的欢心，我将会痛苦万分。你读到我这封信，一定会非常气愤，我仿佛已听到你的抗辩之声。不过，我还是请你再等等，等你涉世稍深的时候再做选择。

要明白，我讲这些只是为了你好。至于我，深信我永远也不会停止爱你。

艾丽莎

我们停止相爱！怎么可能有这种事！我感到伤

心，更感到震惊，一时心乱如麻，便跑去找阿贝尔，把这封信拿给他看。

他摇着头看完信，从紧闭的嘴唇里迸出一句话："既然如此，你打算怎么做呢？"我摆出一个苦恼的手势。他便继续说道："要我说，你先别急着回信。一旦跟女人争论起来，那可就没完没了啦。听我说：我们周六晚上去勒阿弗尔过夜，周天便可以去丰古泽马尔，周一还能赶回学校上课。我服兵役后，还没再见过你那些亲戚呢。这就是很好的借口，也很体面。如果艾丽莎觉得这只是个借口，那再好不过了。朱丽叶由我来照顾，你就去找艾丽莎谈。你千万别耍小孩子脾气……说实话，你们的爱情里，有些东西我没搞明白，你肯定没全告诉我……无所谓，我会弄明白的……千万别提前通知我们要去的事，一定要出其不意，让你表姐来不及准备。"

推开花园的栅栏门时，我只觉心脏狂跳。朱丽叶立马跑过来迎接我们。艾丽莎在衣物室里忙碌，没急着下楼。我们在客厅同舅舅和阿什伯顿小姐聊天，她最后才走了进来。不知我们的突然造访是否让她心烦意乱，可她并未表现出一丝一毫。我想起阿贝尔说的话，她迟迟不露面，肯定是为了准备好怎么应对我。朱丽叶异常活跃，相比之下，艾丽莎的矜持显得有些冷漠。我能察觉出，她并不赞成我去而复返，至少摆出了一副不为所动的神态。在这种反对的态度背后，我实在不敢奢望会隐藏着多么强烈的情感。她坐在窗边的一个角落里，离我们很远，似乎聚精会神地在做一件刺绣活儿，嘴唇微动默数着针脚。幸好有阿贝尔在，他滔滔不绝地讲述服兵役这一年的情形和旅行见闻，而我连开口的勇气也没有。要是没有他，这次聚会的开头一段时间只怕会十分沉闷了。舅舅那天也显得忧心忡忡。

刚吃过午饭，朱丽叶便把我拉到一旁，拽着我去了花园。

“你猜怎么着？有人向我求婚了！”我们一到没人的地方，她就大声说道，“普朗蒂尔姑妈昨天写信给爸爸，说有个尼姆的葡萄园园主想结亲。姑妈说，这人各方面都很不错，去年春天的时候，他在聚会上见过我几次，就爱上我了。”

“那你对这个人有印象吗？”我问道，语气中不由自主地对这个求婚者带有一丝敌意。

“有，我记得他。一看就是个好性儿的人，有点像小说中的堂吉诃德——没什么文化，长相丑陋，还有点粗俗，姑妈一见到他就憋不住想笑。”

“那么……他有机会吗？”我又用调侃的口气问道。

“你说呢，杰罗姆！开什么玩笑，一个经商的！你要是见过他，就不会这么问了。”

“那……舅舅是怎么答复人家的？”

“跟我的答复一样，说我年龄尚小，不急于婚嫁。

只是……”她笑着补充道，“姑妈料到我们会回绝，还在信上附言说：爱德华·泰西埃先生——这是他的名字——愿意等我，他这么早求婚就是为了先‘排个队’。可是我有什么办法呢，总不能让人转告，说他长得太丑吧！”

“当然不能，但你总可以说你不愿意嫁给一个葡萄园园主。”

她耸了耸肩。

“这种理由，在姑妈眼里可站不住脚……不说这个了，艾丽莎给你写信了？”

她一说起来就滔滔不绝，情绪很激动。我把艾丽莎的信递给她。她看了后满脸通红，语气中似有一股怒气地问我说：“那么，你打算怎么做呢？”

“毫无头绪。”我回答，“我到这儿了，却又觉得还不如写信的好。我觉得自己不该来。你明白她是什么意思吗？”

“我认为，她是想给你自由。”

“自由！我看重自由吗？你明白她为什么写这封信给我吗？”

“不知道。”她答了一声，语气十分生硬。虽然猜不出真相，但我当即就觉得朱丽叶并非不知情。

我们走到花径的拐弯处，她突然身子一转，说道：“让我自己待会儿，反正你来这儿也不是为了同我谈话。我们在一起的时间太久了。”

她逃开了，朝房子跑去。过了一会儿，我听到她弹钢琴的声音响起。

我回到客厅时，她正在跟走过来的阿贝尔闲聊，一边弹着钢琴，只是有些心不在焉，仿佛是在即兴演奏。我又转身离开，到花园闲逛半晌，期望能碰到艾丽莎。

她在果园的尽头，正在采摘一堵矮墙底下初开的菊花。花香与山毛榉树枯叶的芳香融为一体，令空气中弥漫着浓浓秋意。山毛榉树在阳光的照射下暖意洋洋，东边的天空清朗明净。她戴着一顶大大的荷兰农家帽，脸几乎被帽子遮住了。这是阿贝尔在旅行中买给她的，她立刻就戴上了。我走近时，她并没有转过身来，但我看到她的身体禁不住微微颤抖了一下，像是听出了我的脚步声。我已经鼓足勇气，准备好上前面对她的责骂和即将投向我的严厉目光。然而，快要到跟前时，我好像胆怯一般放慢了自己的脚步。而她呢，仍旧未转过身来，耷拉着脑袋，好似赌气的孩子，却把拿着鲜花的手背到身后，仿佛是邀我上前。看到这个姿势，像是觉得好玩，我反而站住了。她终于转过身来，朝我走了几步，我方才看到她满脸笑容。她的目光照亮一切，我忽又觉得一切都是那么简单，那么容易，所以我毫不费劲就开了口，声调极其正常："是你的信把我招了回来。"

"我猜到了。"她说道。她转了个声调，尽量用温和的语气冲淡责备之意："我就是为这个而生气。你为什么不明白我的意思呢？我不是说得很清楚吗？"(果然，忧郁和愁苦都是我胡思乱想来的，只存在于我脑海里。)"我跟你说得明明白白，我们这样就很幸福，而你要改变，我拒绝了，你又有什么好大惊小怪的呢？"

的确，我在她身边就感到幸福，十分幸福，我也只期望她与我有同样的感受。我不再奢求别的，只要她能像此刻这般微笑，同我手牵手在暖融融的花径上散步，便心满意足了。

其他一切念想瞬间全打消了，我沉浸在眼前的幸福美满中，认真地对她说："如果你认为这样就好，我们就不订婚了。收到你的来信时，我便明白了自己一直是幸福的，但现在要失去这份幸福了。请把往日的幸福还给我吧，我不能没有它！我深爱着你，等你一辈子也愿意。不过，艾丽莎，最让我受不了的念头，就是你不再爱我，或者怀疑我对你的爱。”

“唉！杰罗姆，我未曾怀疑你对我的爱。”

她说这话时，声音平静又忧伤，但一丝笑容点亮了她整个脸庞，呈现出无比恬静的美。我见了不免惭愧，怪自己不该多心和争辩，还当即觉得，她声音深处透出的隐隐忧伤，也全是因我的多心和争辩而引起的。我毫不犹豫，直接向她道出自己的计划和让我受益匪浅的新生活。当时的巴黎高师还不似近来的样子，那时学校纪律相当严明，鼓励大家勤奋学习。只有懒学生和不听话的学生，才会感受到严格纪律施加的压力，而好学者则甘之若饴。我很喜欢这种近乎修道院式的生活方式，它让我与世隔绝，而且社交本就对我没什么吸引力，凡是艾丽莎害怕的，在我眼里也变得可憎起来。

阿什伯顿小姐还留在巴黎，住在以前跟母亲同住的那个公寓里。由于我和阿贝尔在巴黎认识的人不多，我们每个星期天都会去陪她几个小时。我也会在每个星期天写信给艾丽莎，好让她完全知悉我的生活。

这会儿，我和艾丽莎坐在花园栅栏边的一个敞口处，只见粗大的藤蔓爬了出来，最后几根黄瓜已经摘完。艾丽莎听我说着，也会问我一些问题。我还从未感到她是如此地温柔而专注，殷切而深情。担心、忧虑，甚至极轻微的躁动，都消融在她的微笑中，在这种迷人的亲近中化为乌有，犹如雾气消散在清澈的蓝天中一样。

随后，朱丽叶和阿贝尔也过来了。我们坐在山毛榉林边的长椅上度过了这一天余下的时光。我们重温了斯温伯恩的《时间的胜利》，每人轮流读一节，直到夜幕降临。

到了起身回去的时候，艾丽莎吻别了我，并半调侃地说："现在答应我，以后别再这样胡思乱想了。"

她摆出一副大姐姐的样子，这或许是因我行事莽撞所致，也或许是她喜欢这样。

“怎么样，订婚了吗？”我们刚一单独在一起，阿贝尔就急忙问道。

“兄弟，这事不用再提了。”我答道，随即又以一种不容置疑的口气补充道，“这样更好，今天晚上，我比以往任何时候都要幸福。”

“我也一样！”他突然兴奋地过来将胳膊搭在我肩膀上，高声说道，“我要告诉你一件异乎寻常的事情，非常美妙！我疯狂地爱上了朱丽叶。去年我就有所察觉，但后来我去外面闯荡，便没打算告诉你；这次再见到你的表姐妹，我的心就定了，这辈子的感情有着落了。”

“我喜欢，岂止是喜欢，我狂热地爱上了朱丽叶。”

“我早就觉得，咱俩像连襟一般亲密。”

他一边笑着闹着，一边紧紧地抱住我。在我们回巴黎的火车上，他还像个孩子一样在座椅上打滚。听他这般坦白地吐露真情，我惊讶极了，也有些尴尬，觉得这表白中多少有些文学渲染的成分。然而，这样的激情和欢乐，任谁又能抵挡得住？

“这么说，你已经向她表白啦？”在他闹腾个不停的间隙，我终于插上嘴问了一句。

“还没有！还没有！”他高声答道，“我不想那么快就翻过故事最迷人的一篇。”

“爱情最美妙的时刻，并不是说出‘我爱你’……”

“这你不会怪我吧，你自己才是慢功夫大师呢。”

“可是，”我有点不高兴，“朱丽叶呢，她对你也……”

“她这次见我时有多慌乱，你没注意到吗？我们拜访的整个期间，她是那么激动，脸总是红红的，话也特别多！当然，你肯定没注意到，你整个心思都扑在艾丽莎身上。她还问我这问我那，如饥似渴地听我说话。这一年来，她变得更加聪明了。我不明白，你之前从哪看出她不爱读书，你总认为只有艾丽莎才是读书的料。但是，兄弟，她懂得特别多，我都有些吃惊。你知道晚饭前，我们玩了什么吗？一起背但丁的坎佐尼情诗，每人背一句，我背错时她还会纠正。你肯定知道这句诗：‘爱在我脑中徘徊，令我思绪万千。’”

“你可没告诉过我，她还学过意大利文。”

“这我也不知道啊。”我说道，心中也颇感意外。

“怎么会？我们刚开始背的时候，她说这首诗是你教给她的。”

“她一定是哪天听到我给她姐姐念了。她常坐在旁边做针线活儿，但是我哪能知道，她竟然听懂了。”

“真的，艾丽莎和你，你们也自私得够呛。你们俩完全沉浸在自己的爱情里，分不出一丝一毫的心思，关注一下朱丽叶智慧和心灵上的出色成长。我也不是恭维自己，但我来得正是时候。当然，当然，我说这话不是怪你，你明白的。”他说着，又抱了我一下。“只是你要答应我，这些话一句都不能跟艾丽莎提。我要用自己的方式处理这件事。朱丽叶已对我情根深种，这点我是肯定的，我甚至敢把她撂一段时间，等下次放假再说。这期间我连信都不打算给她写。不过到圣诞节的时候，我们就去勒阿弗尔，到那时候……”

“到时怎样？”

“到时，艾丽莎会突然得知我们订婚的消息，这事我要干脆利落地办成。接下来你猜怎么着，你久久得不到艾丽莎的许诺，这次我们就做个表率，来助你一臂之力。我们得说服她，让她相信我们总不能在你们之前结婚吧。”

他滔滔不绝地说着，这些话就像滚滚而来的浪涛一般把我淹没，甚至当火车抵达巴黎，我们回到高师后，他依然没有说完。我们从火车站步行回校，虽然已是深夜，他还是陪我到宿舍，并且留下来一直谈到清晨。

阿贝尔兴高采烈，把现在和未来一股脑儿全安排了。他已经展望到我们双双举行婚礼的场景，甚至想象和描述着每个人脸上惊喜和愉悦的表情。他为我们这些美丽的爱情故事着了迷，为我们之间的友情着了迷，倾心于自己将在我和艾丽莎的爱情中扮演的角色。这番火热激情实在让人难以抵挡，我终觉受了感染，也渐渐相信并开始回应他那虚无缥缈的建议。借着爱情之势，我们的雄心和勇气膨胀起来，打算大学一毕业，就请沃提尔牧师为我们主持婚礼。婚礼过后，四个人便动身去旅行，然后我们就干一番大事业，而我们的妻子也乐意做我们的搭档。阿贝尔对教书不感兴趣，他认为自己天生就适合写作，只要创作出几部成功的剧作，就能很快挣到自己需要的一大笔钱。至于我呢，我更喜欢研究本身，而不是它所带来的名利或收益。我打算潜心研究宗教哲学，写一部宗教哲学史……可是，怀有那么多希望，现在回想起来却都毫无用处。

第二天，我们又投入到学习中去了。

第四章

时间过得飞快，转眼就到了圣诞假期。我和艾丽莎的最后一次谈话一直激励着我，使我的信念未曾有过半刻的动摇。我按照原定的计划，每周日都给艾丽莎写一封很长的信。其余时间，除了阿贝尔，我也不和其他的同学来往。我在对艾丽莎的想念中度日，在看喜爱的书时，会做上记号方便她以后阅读；对于感兴趣的事物，也会想想艾丽莎是否会有兴趣，再决定自己是否要投入精力。她经常给我回信，信的内容却令我有些许不安。看得出来，她对我的关心更多的是对我学习的督促，而非出于思念的冲动。此外，在我看来，评价、讨论、批评，不过只是表达思想的一种方式，她却正相反，她借助这一切来掩饰自己的思想。有时我甚至怀疑，她只是把这当作一场游戏……管它呢！我决心不发一丝怨言，信中丝毫不流露自己的不安情绪。

十二月末，我和阿贝尔又动身前往勒阿弗尔。

第四章

我借宿在普朗蒂尔姨妈家，抵达时，她并不在家。我刚在房间里安顿好，一名仆人就来通知说她在客厅里等我。

姨妈稍微过问了我的健康、学校居住环境和学业情况，便在亲情和好奇心的驱使下，直截了当地询问起来：

“孩子，你还没告诉我呢，你上次在丰古泽马尔待得高兴吗？你的个人问题进展如何？”

姨妈为人憨直而拙笨，我只好受着。可是，即使用最纯洁、最温柔的语言去谈论我们的感情，我都觉得有点唐突，更别说如此简单地概况。但是，她的语气又是那么直率而亲热，我如果恼火，未免显得愚蠢了。不过，一开始我还是有点反感。

“春天的时候，您不是对我说过订婚还太早了吗？”

“没错，我知道。一开始大家都会这么说。”她拉起我一只手，紧紧地握在她的两手之间，深情地说道，“况且，你要上学，要服兵役，几年都结不了婚。而且，我个人不太赞成订婚后拖得太久，这会让女孩生厌。不过，这种事有时候也挺感人……还有，订婚也不必搞得那么正式，私底下知道就好了，大家心知肚明，便没必要再给姑娘找婆家了。此外，订了婚，你们就能通信了，保持亲密的联系。这时，要是有人上门来提亲……这种情况很可能有。”她像个百事通一样会意地一笑，“那就委婉地告诉对方‘不用费心了’。你知道吧，有人来向朱丽叶求婚了！今年冬天，她特别引人注目。年龄倒还是小了点，她也是这么答复人家的。那个年轻人表示愿意等她——准确地说，他也不年轻了……但总归是门好亲事，他也是个靠得住的人。明天他要来看我的圣诞树，你就能见到他了。到时候，跟我说说你对他印象如何。”

“姨妈，只怕他是白费心思，朱丽叶已有意中人了。”我说道，强忍着没有立即说出阿贝尔的名字。

“哦？”姨妈怀疑地将脑袋歪向一边，询问道，“你这话可真叫我奇怪，她怎么都没跟我提一句呢？”

我咬住嘴唇，免得说多了话。

“行吧！我们到时候就知道了。这阵子朱丽叶身体不舒服……再说，我们现在也不是在谈她的事……艾丽莎也很可爱……话说回来，你到底有没有向她表白？”

“表白”这个词，我打心底里反感，觉得它粗俗得要命。但是，问题已经正面提出来了，我又不会说谎，就只好含糊地回答：“表白了。”我感觉自己的脸颊烫得要命。

“那她怎么说？”

我垂下头，并不想回答，又很无奈，只好用更加含糊的口气答道：“她不肯订婚。”

“这孩子做得对！”姨妈说道，“你们来日方长，确实……”

“姨妈！别再谈这个了。”我说着，想拦却拦不住。

“而且，她这么做我一点也不奇怪，我一直觉得你表姐比你明事理……”

也不知道我当时是怎么了，可能这种盘问让我神经紧张，我一瞬间感到心痛欲裂，便像个小孩子一样将脑袋伏在好心的姨妈膝上，痛哭起来：

“姨妈，你不明白，她没叫我等……”

“什么？那她是拒绝你啦？”她说道，语气非常轻柔，满含怜悯，同时用手扶起我的脑袋。

“不，也不完全是。”我悲伤地摇了摇头。

“那你是担心她不再爱你啦？”

“不，我担心的也不是这个。”

“可怜的孩子，你要想叫我明白，就得稍微说清楚一些啊。”

我既羞愧又懊悔，不该放任自己显露软弱的情绪，姨妈自然不了解我这样含糊其词是何缘故。不过，艾丽莎拒绝我的背后如果真隐藏着什么特别的动机，那么姨妈慢慢探问，也许能帮我问个水落石出。她也自告奋勇地提了出来。

“听我说，”她继续说道，“明天早上，艾丽莎会过来帮我布置圣诞树。我很快就能弄明白是怎么回事，午饭时便告诉你。我敢肯定，你没有什么好惶恐的。”

我去了布科林家吃晚饭。朱丽叶的确病了好几天，气色都与往常大不一样。她眼神中透露着疏离，表情近乎冷酷，使她与姐姐显得更不同了。这天晚上，我没能与她们中的任何一个单独说上话，而我也并无此意。舅舅看起来很疲惫，因而吃完晚饭，我便告辞了。

普朗蒂尔姨妈装扮的圣诞树，每年都会吸引来一大帮孩子和亲友。圣诞树立在楼梯口的门厅里，而门厅又连着前厅、客厅和玻璃门冬季花房，里面摆设着自助餐桌。圣诞树还没完全装扮好。圣诞节的早晨，也就是我到达的次日，正如姨妈所说，艾丽莎早早就过来帮忙了。她帮着往圣诞树上挂装饰物、彩灯、水果、糖果和玩具。我倒很乐意跟她一起忙乎这些，可我必须得制造机会让姨妈和她聊聊。于是，我没跟她打个照面就离开了，然后整个上午都在努力抚平自己的不安情绪。

我先去了布科林舅舅家，想见见朱丽叶。但听说阿贝尔已经先我一步到了，便赶紧退了出来，以免打扰他们之间亲密的谈话。我在码头和街上闲逛，直到午饭时分才又返回。

“傻小子呀！”姨妈一看到我，就大喊道，“你真是自寻烦恼啊！昨天你跟我说的那些话，根本就没弄清楚事实……哼！我也没拐弯抹角，干脆打发走费力帮我们的阿什伯顿小姐，等只剩下我和艾丽莎时，我就直截了当地问她，今年夏天为什么不订婚。你大概以为这么问她会不好意思吧，其实一点也没有，她丝毫不慌乱，并且还平心静气地回答我，说她不想在妹妹之前结婚。你要是像我这般直接去问，她估计也会一样回答你。这事没那么复杂嘛，对吧？没什么比实话实说来得容易。可怜的艾丽莎，她还跟我说起她父亲，说不能抛下父亲不管。我们聊了很多，这丫头太懂事了。她还对我说，她不能肯定你们是不是真的合适，她年龄比你大很多，所以希望你能找个像朱丽叶那般大的……”

姨妈还在说着，但后面的话我一句也没听进去了。此刻对我来说，只有一件事与我关系重大：艾丽莎不肯在妹妹之前结婚。对了！不是还有阿贝尔嘛！这个自命不凡的家伙，他的计划倒没错，来个一石二鸟，同时解决我们两桩婚事。

事情一经说破，问题便就迎刃而解了。我暗自窃喜，但尽量掩饰着，只显露出在姨妈看来非常自然的一种欢乐。更让她高兴的是，这份欢乐要归功于她。刚吃过晚饭，我记不清找了个什么借口，便离开她，去找阿贝尔了。

“对啊，我说什么来着！”一听到我这件高兴事，他便抱住我，高声喊道，“老弟啊，我也可以自信地告诉你，今天早上我和朱丽叶的谈话差不多已经把问题解决了，尽管我们只谈了你。她看起来有些疲惫、烦躁，我害怕说得过头会令她太激动，或者谈太久了让她亢奋。但是听了你的话，我确定这事能成。我这就去取我的帽子和手杖，你要陪我一起去布科林家，免得我半路上飘起来。我感觉身子比欧佛里翁还轻。等朱丽叶知道是因为她，姐姐才拒绝了你，我再立马求婚……啊，朋友，我已经预见到今天晚上，我的老父亲站在圣诞树前，边赞美上帝边流下幸福的眼泪，满怀祝福地将双手放在两对跪拜的未婚夫妇面前。阿什伯顿小姐会发出一声轻微的感叹，普朗蒂尔姨妈会感动得泪湿襟衫，灯火辉煌的圣诞树就像《圣经》里的诸山一样，拍着手歌颂上帝的荣耀。”

只有等到天黑时分才能点亮圣诞树上的灯光，孩子和亲友们才会在圣诞树旁欢聚一堂。我和阿贝尔分开后无事可做，只觉心中焦虑不安，便徒步走了很长一段路，来到了圣阿雷斯悬崖边上，好消磨掉等待的这段时间。然而，不知不觉间，我竟迷了路，等再回到普朗蒂尔姨妈家时，欢庆活动已经开始好一会儿了。

一走进门厅，我便看到了艾丽莎。她像是早就在那儿等我，一看见我便迎了上来。她穿着一件半圆开领的浅色上衣，脖子上挂着一枚老式的紫晶小十字架，那是我母亲的遗物，我送给她留作纪念，但是之前我从未见她戴过。艾丽莎面容倦怠，一副惨苦的神情，看着真叫我心里难受。

“你怎么这么晚才来？”她急促地说道，“我本来想跟你谈谈。”

“我在悬崖边迷路了……你是不是不舒服……艾丽莎，怎么回事？”

她站在我面前，一时间仿佛愣了神，嘴唇颤抖，说不出话来。我心中惊恐极了，也不敢追问她。她把手放在我的脖颈上，像是要将我的脸拉近，想必有什么话要对我说；可是不巧，这时进来几个客人，她又泄气般地垂下了手。

“来不及了。”她低声说道。随后，看到我泪水盈眶，为了回应我疑惑的目光，她用哄小孩般的口气安慰我，像是这样能让我平静下来：“不，别担心。我只是有点头疼。这些小孩子太吵闹了，我只能躲到这儿来……现在我得回去陪他们了。”

她说完便匆忙离去。一些人从我们中间走过，挡住了我的去路。我本想去客厅找她，却瞧见她在房间的另一头，正带着一群围着她的孩子们玩游戏。我们之间隔着几个熟人，如果我径直走过去难免会被叫住寒暄一番，而我现在没这心思；不妨试试贴着墙根过去……

就在经过花房的大玻璃门时，有人突然抓住了我的胳膊。原来是朱丽叶，她半躲在门洞里，藏在帘子后面。

“到暖房吧。”她急切地说，“我得跟你谈谈，你先忙你的，一会儿我们直接在那儿碰面。”她半开了门，一会儿便溜进了花园。

出什么事了？我这会儿真希望能碰到阿贝尔。他到底说了什么？干了什么呢？我到门厅瞧了瞧，随即进了花房。朱丽叶已在那里等我。

她面颊通红，眉头紧蹙，脸上的表情冷酷而忧愁。她的双眼有些泛红，像是发烧了一般，就连说话的声音也变得生硬而发紧。她看起来情绪异常激动。虽然我此刻忧心忡忡，但她看起来美极了，美得令人惊讶，也让我有点发窘。花房里只有我们两人。

“艾丽莎找你谈过了吗？”她立刻问我。

“没聊上几句，我回来太晚了。”

“你知道她想让我先结婚吗？”

“知道。”

她定睛看着我：

“那你知道她希望我嫁给谁吗？”

我未能作答。

“嫁给你！”她喊了出来。

“这是什么胡话？荒唐至极！”

第四章

“可不是嘛！”她的嗓音里既含绝望，又透着得意。说完她直了直身子，或者确切地说，是往后仰了一下。

“往后的事，现在我知道该怎么办了！”她含糊其词地补充一句，便打开花园的门出去了，并在身后把门狠狠地关上。

我脑子里一阵混乱，心绪繁杂。我感到血液往太阳穴上冲，慌乱之中只有一个想法：我得找到阿贝尔，也许他能向我解释为何这姐妹俩的行为如此怪异。可我不敢回到客厅，担心我这心慌意乱的样子被所有人看到，于是便走到了外面。花园里寒气袭人，这倒使我冷静了下来。我在花园里待了一会儿，夜幕降临，海雾遮蔽了城市，树木光秃秃的，天地之间一片凄凉的景象……乐声响起，一定是孩子们围着圣诞树在合唱。我从门厅进去，看见客厅和内厅的门全敞着；客厅里空荡荡的，只见姨妈半掩着身子坐在钢琴后面，和朱丽叶说着话。在内厅，客人们全围在圣诞树前，孩子们合唱已毕，全部肃静地站立着。沃提尔牧师站在圣诞树前，开始布道，他从不放过任何一个机会去进行他口中所说的“播撒良种”。灯光和热气让我感到有些难受，我便想再次到外面去，却突然瞧见阿贝尔正靠门站着，想来他站在那儿已经有一阵子了。他以一种带有敌意的目光看着我，当我们四目相对时，他耸了耸肩，我朝他走过去。

“笨蛋！”他低声嘟囔一句，又突然说道，“喂！我们出去转转，这些说教人都听腻了。”

我们来到室外，“大笨蛋！”他又说道。我一时语塞，只是不安地望着他。

“她爱的是你，你知道吗？你怎么不告诉我？”

我惊呆了，简直不敢相信。

“不可能，对吧？你自己肯定没发现吧？”

他抓住我的胳膊，拼命摇晃，气得咬牙切齿，声音颤抖，发出嗤嗤的喘息声。

“阿贝尔，求你了！”我半晌没吭声，然后颤抖着声音说道，并任由他拽着，大步胡乱地往前走。

“先别发这么大的火，告诉我怎么回事嘛。我完全蒙在鼓里啊。”

走到一盏路灯前，他突然停住脚步，在暗淡的灯光下盯着我的脸。继而，又一把拉过我，头靠在我肩上，呜咽着咕哝道：“对不起，兄弟！我和你一样，也是个大笨蛋，什么都没看出来。”

哭过之后，他看起来平静了一些。他把头抬起来，接着往前走，又说道：“不管怎么回事，现在谈论它还有什么用呢？我今天早晨同朱丽叶谈过，她真是美极了，而且兴致勃勃。我还以为是自己的到来让她心情大好，实际却是因为谈到了你。”

“那你当时没察觉到？”

“没有，没太注意。但现在看来她的一举一动都再明显不过了。”

“你确定没有搞错？”

“搞错？兄弟啊，恐怕只有盲人才看不出来她爱你。”

“那艾丽莎呢……”

“艾丽莎做出了牺牲。她发现妹妹的秘密后，便决定将你拱手相让。喏，老弟，这不难理解……聊完你之后，我还想跟朱丽叶再谈谈我们的事；话还没说几句，或者说，她一明白我的意思，就立马从沙发上起身，嘴里念叨了好几遍‘我早猜到了’，但听她惊异的语气，却像是根本没有猜到。”

“喂！别开这种玩笑！”

“怎么了？这个事情就是很滑稽啊！她冲进姐姐房里，不一会儿里面就吵闹起来，我慌了神。我很想再见见朱丽叶，可之后只有艾丽莎走了出来。她戴了顶帽子，看见我在门外的时候显得有些难为情，所以匆匆打了声招呼便出去了……就这些。”

“那你没再见到朱丽叶？”

阿贝尔迟疑了一下，才又说道：

“见到了。艾丽莎走后，我推开房门，看见朱丽叶在壁炉前一动不动地站着。她的手肘搁在壁炉的大理石台面上，双手托着下巴，出神地望着镜中的自己。她听到我进去的声音，头也不回，只是跺着脚嚷道‘哎呀，别来烦我！’语气那么生硬，我便不敢再多问一句，立马抽身出来了。就这样。”

“那现在呢？”

“唔！跟你一说，我感觉好受多了。现在嘛，你得先抚慰好朱丽叶的情伤，否则，依我对艾丽莎的了解，她不可能同你和好。”

我们沉默不语地继续走了许久。

“回去吧！”他最后说道，“这会儿客人应该都走光了。恐怕父亲还在等我。”

我们回到客厅，果然早已人走房空。在内厅，圣诞树上的礼物已全部被拿走，彩灯也差不多都熄灭了，旁边只剩下姨妈和她的两个孩子、布科林舅舅、阿什伯顿小姐、牧师、我的两个表姐妹，以及一个长相相当滑稽的陌生人。我之前见他和姨妈长聊过，到这会儿才反应过来，他就是朱丽叶提过的那位求婚者。他比我们所有人都高大、健硕，脸色也尤为红润，但头顶几乎全秃了。显然，他来自另一个等级、另一个阶层、另一个种族。身处我们中间，他似乎感觉自己像个异类，紧张地用手捋揪着一大撮髭胡和花白的帝髯。

门厅的灯已经熄灭，但是门还开着，于是我们俩悄悄地进来，谁也没有发觉。我心里升起一种不祥的预感。

“等下！”阿贝尔说了一声，拉住我的胳膊。

第四章

只见那个陌生人走到朱丽叶近前，拉起她的手。朱丽叶虽未看他一眼，手却任由人家牵着而未反抗。我的心顿时陷入黑暗。

“怎么回事，阿贝尔？”我嗫嚅道，就像是没弄明白眼前的情况，或是希望自己搞错了。

“呵！小姑娘想自抬身价，”他发出一阵嘘声，“她不甘心受姐姐的恩惠。天使们想必已经在天上鼓掌祝贺了吧！”

舅舅过去抱了抱朱丽叶，阿什伯顿小姐和姨妈也都围到她身边，沃提尔牧师走上前……我急忙往前跨了一步，艾丽莎发现了我，她立马跑过来，用颤抖的声音说：

“杰罗姆，这可不行呀！朱丽叶并不爱他，她今天早上亲口跟我说的！得想法儿阻止啊，杰罗姆！噢！她以后的日子可怎么过呀！”

她斜倚在我肩膀上，绝望地哀求。若能减轻她的惶恐，就算付出生命我也愿意。

忽然，圣诞树边传来一声叫喊，接着便是一片混乱……我们跑过去，只见朱丽叶已不省人事，倒在姨妈怀里。大家都围拢过去，我几乎看不清朱丽叶，只发现她脸色苍白，紧绷的脸像是被散乱的头发向后扯着。她的身体在抽搐，显然不是一般的昏厥。

“没事儿！没事儿！”姨妈高声喊道，好让慌乱不堪的舅舅放心，而沃提尔牧师也已经食指指天，祈祷着安慰舅舅。

“没事儿！只是情绪太激动了，一时神经太紧张。泰西埃先生，您劲儿大，帮我一把！我们把她抬进我房里，放到我床上……放到我床上……”接着，她又凑到长子耳边说了句什么，只见他立刻跑出门，肯定是去请医生了。

姨妈和那个求婚者托着朱丽叶的肩膀，她半倒在他们怀里。艾丽莎则轻柔地搂住妹妹的脚。阿贝尔上前托起朱丽叶朝后仰的脑袋，只见他一边拢起她散落的头发，一边俯身连连亲吻她的发丝。

到了房门口，我停了下来。他们将朱丽叶平放在床上，然后艾丽莎对泰西埃和阿贝尔轻声说了几句话，但我未能听清他们究竟说了些什么。她把他们送出来后，请求我们先离开，让妹妹能安静地休息，她只想和姨妈留下来照看她。

阿贝尔抓住我的胳膊，拉我走到屋外。我们俩心灰意冷、头脑空白，漫无目的地在黑夜中走了很久。

第五章

在我的一生中，除了爱情我别无他求，只想紧紧抓住这份爱。我一心盼望着艾丽莎给我爱的回应，其他一切于我而言都无足轻重。

次日，我正准备去探望艾丽莎，却被姨妈拦下，她递给我一封刚送来的信：

……朱丽叶服用了医生开的药，但烦躁的情绪直到凌晨才平息下来。我想恳求杰罗姆这几天暂时不要过来。朱丽叶能听出他的脚步声或嗓音，只怕会令她再生烦心，而她现在需要绝对的清静。

朱丽叶现在这般情形，我必须留在身边照顾她。若在杰罗姆动身前，我仍无法与他见上一面，亲爱的姑妈，还请替我转告，我会写信给他……

第五章

这道禁令显然只对我一人而下，姨妈和其他人都可在布科林舅舅家来去自如，而且姨妈这天早上就打算去一趟呢。我能弄出多大的动静来？这借口未免有些牵强……没关系！

“好吧，”我说道，“那就不去了呗！”

想到几天都不能见到艾丽莎，我心里特别不是滋味，但又有些害怕见面，怕她将妹妹的病状怪罪于我。因此，与其见了面惹她生气，倒还不如不见。

不过，我至少想再见见阿贝尔。

到他家门口后，一名女仆交给我他留下的字条：

我专门留这个字条给你，免得你担心。待在勒阿弗尔，离朱丽叶那么近，简直让人难以忍受。所以昨晚和你分开后，我便立即乘船去了南安普敦，打算转到伦敦去S君那里度过余下的假期。我们回学校再见。

所有能给我慰藉之人，在这一刻都消失了。再待下去只会徒增痛苦，于是我未等开学就回到了巴黎。我将目光投向上帝，投向那广施真正安慰、恩泽与赏赐的主。我也将痛苦一并呈献给他，想到艾丽莎也向上帝寻求庇护，想到她也常常祈祷，我在祈祷时也备受鼓舞和激励。

时光在沉思和学习中过得飞快，很长一段时间，我和艾丽莎只有书信往来，除此之外无任何大事可言。我保留了她的所有信件，此后记忆模糊之时，便拿出来参读一二。

姨妈会不时告知我勒阿弗尔那边的消息，起初也只有姨妈会告诉我。从她那儿，我得知朱丽叶头几天病情严重，着实让人担惊受怕。离开十二天后，我终于收到艾丽莎的这封信。

亲爱的杰罗姆，请原谅我没有早点给你写

信。可怜的朱丽叶状况堪忧，我实在抽不出来时间。自你走后，我几乎一直守着她。但我让姑妈向你转告了我们的情况，想必她也跟你说了。最近这三天，朱丽叶的病情好转了，感谢上帝，但我也不敢太乐观。

我前面可能一直没怎么提到罗伯特，他晚我几天回到了巴黎，也给我带来了关于两位姐姐的消息。为了多打听点她们的事，我违背自己的意愿，尽可能多地花时间陪他。他就读于农业学院，每回放假，我就负责照料他，并煞费苦心地让他玩得开心。

我不敢直接问艾丽莎和姨妈的事，从罗伯特这里反而打听到了：爱德华·泰西埃去得很勤，经常探望朱丽叶的病情；但到罗伯特离开勒阿弗尔之前，朱丽叶并没有再同他见过面。我还得知，自我走后，朱丽叶在姐姐面前总是沉默不语，怎么都不能让她开口。

没多久，我从姨妈那听说了朱丽叶订婚一事，她坚持将婚讯公开。但我料想艾丽莎肯定希望立即解除婚约。朱丽叶决心已定，她眉头紧锁，任凭艾丽莎如何苦口婆心地劝说、命令、恳求，都无动于衷，不发一言。

时间一天天地过去，我偶尔收到艾丽莎的信件，但内容令人难以捉摸，真不知该如何回信。冬天的浓雾笼罩着我，对学业的热忱、对爱情的激情以及忠诚的信仰，都不足以驱散我内心的黑暗与冰冷。唉！时间就这样一天天过去了。

后来，在春天的一个早晨，我突然收到姨妈转来的一封信，是她离开勒阿弗尔后艾丽莎写给她的。我在此摘抄一段，以说清楚事情的来龙去脉。

……赞扬我的顺从吧：我听取你的劝告，见了泰西埃先生，并和他推心置腹地聊了。我承认他品行端正，老实说，我几乎相信这桩婚事并不会像我当初担忧的那样不幸。当然，朱丽叶并不爱他；但是，一周一周相处下来，我越发觉得他也并非不值得爱之人。他能清楚看待自己的处境，也非常了解我妹妹的品性。但他深信自己爱情的效力，觉得持之以恒就能战胜一切。这说明他爱得很深！

得知杰罗姆那么照顾我弟弟，我十分感动。想必他这么做，只是出于作为表兄的责任，毕竟罗伯特的性格和他大不一样。但也可能是为了讨我欢心。毫无疑问，他已经认识到，担负的责任愈艰巨，就愈能磨砺和提升人的心灵。这种想法听起来可能太过崇高！请别笑话您的大侄女，要知道正是靠着这些信念，才使我努力将朱丽叶的婚事想成一件好事。

亲爱的姑妈，您的细心关怀，让我备觉温

暖。不过，您也不要认为我有多么不幸；我几乎可以说，恰恰相反，朱丽叶此番遭受的磨难也让我有所反思。“依赖他人之人，必招来祸事”。《圣经》里的这句话，过去我常背诵，却未能彻底理解，现在恍然大悟了。这句话我最早不是在《圣经》里看到的，而是在杰罗姆寄给我的一张圣诞卡片上读到的，那年他还不到十二岁，而我才刚满十四岁。卡片上印着一束花，我们都觉得非常好看，旁边则是高乃依的一段诗句：

是何种战胜尘世的魔力，
引我飞升去见上帝？
寄希望于他人身上，
到头来必定遭祸殃！

不过，我承认我更喜欢耶利米那句言简意赅的话。毫无疑问，杰罗姆在选择这张卡片的时候，没大注意到上面的话。但是，从他近期的来信能判断出，他如今的心境和我颇为相像。我每日都感谢上帝将我们一同拉向他。

我们那次的谈话，我还记忆犹新，也不再像以前那样频繁地给他写信，免得打扰他学习。您一定会认为，我在这里过多地谈论他，是为了以此找补回来。我便就此搁笔，免得写下去就没完没了。这一次，就别太责怪我了。

这封信叫我怎么想啊！我心里责怪姨妈多管闲事，还瞎献殷勤把信转给我。艾丽莎在信中提到的那次谈话又是怎么回事，竟令她减少了此后与我书信的次数。艾丽莎对我沉默的态度，已经够我受的了，我也尽力不去在意，她此时却把不愿与我分享之事写信告诉别人！这封信处处让我恼火：我们之间的小秘密，她就这样轻易地说给姨妈，语调还这般自然、平静、认真并透着诙谐……

“哦不，可怜的兄弟！你恼火，只是因为这封信不是写给你的。”阿贝尔对我说道。他现在成了我每日的好伙伴，也是我唯一能够谈心的人。当我感到孤独、软弱，需要发点怨言赢得同情的时候，就不断向他倾诉；我陷入困境的时候，也相信他能给我出好主意，尽管我们性情不同，或者正因为性情不同……

“咱们来研究下这封信吧。”他说着，把信在书桌上摊开。

我已在气恼中独自度过了四天三夜，此刻自然非常愿意听朋友为我分析一番。

“朱丽叶和泰西埃这一对，我们就交给爱情之火了，好吧？我们也知道这份爱火有多少分量。要我说，泰西埃就是飞蛾扑火。”

“别说这个了，”我听到他的玩笑话有些反感，便说道，“看看其他部分吧。”

第五章

“其他的？”他说道，“其他的话都是写给你的。你还在这抱怨！没有一句话，没有一个字，不是充满了对你的思念。可以说，这封信完全就是写给你看的。普朗蒂尔姨妈把这封信转给你，倒算是物归原主了。艾丽莎不好意思直接写给你，就退而求其次，寄给这位好姑妈。你姨妈哪懂什么高乃依的诗！顺便说一句，这是拉辛的诗。跟你说吧，她这是在跟你谈心呢。所有的话，都是说给你听的。两周之内，如果你还不能让表姐以同样轻松、愉快的口气，写同样的长信给你，那只能表明你是个大笨蛋……”

“她应该不会这么做吧！”

“这就全看你了！还要我出主意吗？那好，从现在起，你很长一段时间里都绝口不提你们的爱情，更不要提结婚。你看不出来吗？她妹妹出事后，她懊恼的正是你们的感情。你要在手足情上下功夫，既然你能有耐心照顾罗伯特这个傻瓜，那就不厌其烦地同她谈罗伯特。

只要持续不断地让她精神上得到愉悦，其余的事情自然水到渠成。嘿！换作是我，看我怎么给她写信……”

“你还不配爱她。”

然而，我还是听进去了阿贝尔的建议。果然，艾丽莎很快重燃了与我通信的兴致，不过，我还不敢指望她由衷地快活起来，毫无保留地同我交心，除非朱丽叶的处境，或者说她的幸福，能够得到保障。

艾丽莎告诉我，朱丽叶病情好转，婚礼将在七月份举行。艾丽莎在信中还说，她估计办喜事那天，我和阿贝尔肯定因为要上课而参加不了……我心领神会，她的意思是让我们最好不要参加婚礼。于是，我们便以要考试为由，仅在信中表达了祝贺。

婚礼之后约有半个月，艾丽莎给我来了封信：

亲爱的杰罗姆：

你想象不到我有多惊讶，昨天我偶尔翻阅你

送我的书——那本精美的拉辛诗集，发现你送我的圣诞贺卡上印有四句诗，那张贺卡我夹在《圣经》里已有十年之久：

是何种战胜尘世的魔力，
引我飞升去见上帝？
寄希望于他人身上，
到头来必定遭祸殃！

我原本以为这是摘自高乃依的诗，说真的，初读时并不觉得它有多美。不过，我接着阅读第四章的圣歌时，碰到几节诗美妙之极，就忍不住抄下来送给你。看到你草草写在页码边上的首字母签名（我的确养成了这种习惯，遇到喜欢的段落，便爱在我的书和艾丽莎的书上做标记，写下她名字的头一个字母，以提醒她注意），便不难猜测你肯定读过。这倒没什么关系！反正我抄录下来也是自得其乐。我一开始还以为是自己的新发现，可是一看到你已标记出来，便不免有点儿扫兴，但转念一想，你同我一样喜欢这些诗章，就又化不快为喜悦了。我抄录的时候，只觉得你仿佛在跟我一起阅读：

雷鸣般的声音响起，
它用永恒的智慧告诉我们：
人类，我的孩子啊！
光靠自身会有什么成就呢？
虚妄的灵魂啊，
你为何要出卖血管里那最纯洁的鲜血？
这是何等的谬误啊！
这换取的并非裹腹的圣饼，
而是让人弥足深陷的幻境。

第五章

我提及的圣饼，

是天使的食粮。

它出自上帝之手，

汲取小麦的精粹。

它令人满口生香，

尘世的餐桌怎能得见？

我将它赐予我的信徒。

你们想活着吗？

来吧！

拿着它，吃下去便能得以存活。

……

被俘虏的灵魂啊，

你竟是那么地愉悦，

在桎梏中寻到了平和，

又在永不枯竭的长生泉中将周身浸润。

这甘泉欢迎所有人，

每个人都可以饮用。

但我们疯狂地奔向那泥泞之所，

那里的水池虚幻无实，

无时无刻不在滴漏。

多美呀！杰罗姆，这太美了！你也同样觉得它美吧？我的书上还有一条小注解，说曼特侬夫人听到德·欧马尔小姐唱这支圣歌，似乎深受感动，赞叹着“落下几滴眼泪”，并请她重复唱了一段。我也不厌其烦地背诵，已将它熟记在心。我唯一伤感的是，你从没有为我朗诵过。

我们那对还在旅行中的新婚夫妇，不断传来好消息。要知道，巴约讷和比亚里茨尽管天气酷热，但是可别提朱丽叶玩得有多高兴。后来，他们又游览了封塔拉比亚，到布尔戈斯停了停，还两次翻越比利牛斯山脉……朱丽叶在蒙塞拉给我寄来一封热情洋溢的信。他们打算在巴塞罗那逗留十天，然后再回到尼姆，因为爱德华要在九月之前赶回去，以便安排葡萄收获的事。

父亲和我回到丰古泽马尔已有一周，阿什伯顿小姐和罗伯特四天之后也会过来。跟你说，这个可怜的孩子没通过考试，倒不是因为题目太难，而是主考老师向他提出的问题太古怪，搞得他慌了神。你在信里说罗伯特很用功，所以我不相信是他没准备好，看来还是那位主考老师喜欢刁难学生。

至于你取得的优异成绩，亲爱的，我自不必说什么祝贺的话了，我总觉得这是理所当然。杰罗姆，我对你信心十足，一想到你，心里就充满希望。你之前提起的那份工作，立马就要开始做了吗？

这儿的花园一切如故，房子却显得空荡荡

的！我求你今年不要回来，你应该明白为什么，对不对？我感觉这样更好些，可是要每天在心里安慰自己一遍，因为，这么久不见你，于我也非常难受……有时，我会不由自主地找你，看着书也会突然停下，猛地转过头去……只觉得你就在旁边！

我接着写信。现在已是深夜，别人都睡着了，我还在对着敞开的窗户给你写信。花园芳香四溢，空气温润。你还记得吗，小的时候，我们一看见或者听到美妙的东西，就会感叹上帝造物的能力……今天晚上，我不由得全身心地感叹：上帝啊，谢谢你创造出这般美好的夜晚！蓦然间，我希望你也在这儿，感到你在这儿，就在我身边，这种愿望如此强烈，想必你也感觉到了。

你在信中有句话说得好："在崇高的心灵里，

赞美和感激融为一体。”我还有好多事情想要写给你呀！我想到朱丽叶说的那个阳光灿烂的国家，想到别的更加辽阔、一望无际，又光彩夺目的国度，我心中升腾起一种奇异的信念：终有一天，我们会在某个未知的神秘之境相会……

不用说你们也能想见，我看到这封信是多么欣喜若狂，为这份爱喜极而泣。信件一封封接踵而至。艾丽莎固然感谢我没有去丰古泽马尔，恳求我今年不要去见她，但也确实遗憾我不在跟前，渴望我能在她身边，每一页信都是对我的召唤。我哪儿来的力量拒不回应呢？无疑是听了阿贝尔的劝告，怕冲动行事毁了这份既得的快乐，还有那拘谨的天性遏制了我肆意放纵自己的情感。

后来的几封信中，凡是有利于阐述这个故事的部分，我全抄录如下。

亲爱的杰罗姆：

读到你的信，我满心欢喜。我正要回复你从奥尔维耶托寄来的信，又同时收到你分别从佩罗贾和阿西西写的信。我仿佛也一同神游了这些地方，只是躯体还留在这里。真的，我和你一起漫步在翁布里亚的大道上；清早与你一起出发，用崭新的目光迎接黎明；你在科尔托纳的田野里呼唤过我的名字吧，我似乎真切地听到了。我们在阿西西城的山上渴极了，方济各会的修士递给我们的水是那么甘甜可口！亲爱的，我透过你饱览了世间万物。你在信中写的关于圣方济各的那段话，我觉得好极了！没错，我们应该追求的，不应是思想的解放，而是颂扬。思想的解放只会使人陷入可恶的傲慢。树立思想的抱负，不应是通过反抗，而是要效劳。

尼姆那边传来的消息都是极好的，我想是上

帝应允了我尽情欢乐。这个夏天唯一的阴影，恐怕是我那可怜父亲的精神状况。尽管我寸步不离地贴心照料，他依然愁眉苦脸，哪怕让他独自待一会儿，他都会再次沉入悲伤，难以自拔。周围的大自然充满欢乐，而这一切于他而言却变得陌生，他甚至不愿去用心聆听大自然的声音了。阿什伯顿小姐一切安好。我会把你的来信念给他们听，每一封信我们都能足足谈论三天，然后下一封信就又寄到了。

罗伯特前天离开了我们，假期还剩最后几天，他想去朋友R君家度过，R君的父亲经营一座模范农场。显然，我们这边的生活让罗伯特不大快活。他提出要走，我当然只能支持他的计划。

想讲给你听的事儿太多了！我真希望能这样无休止地写下去！有时，我一个字都想不出来，思路也不清晰——今晚给你写信，我就恍若做梦，只有一种近乎紧迫的感觉，似乎有无限的财富要赠予和接受。

在之前漫长的几个月里，我们之间是何以保持沉默的呢？想必我们是在冬眠。噢！那个可怕的沉默的冬季，但愿它永远结束啦！我又重新找回了你，只觉得生活、思想、我们的灵魂，一切都变得美妙、可爱、丰富而永不枯竭。

9 月 12 日

你从比萨寄来的信，我收到了。我们这里也晴空万里。诺曼底从未像现在这般美妙绝伦。前天我独自一人在田野间漫步，不知不觉走了一大圈，回家亦不觉累，还兴奋不已，全身心陶醉在这艳阳与欢乐之中。烈日下的草垛好美啊！我不需要想象自己在意大利，就能感受到一切美好。

没错，亲爱的，正如你所说的大自然那“混杂的颂歌”，我在这里听到了，也听懂了，这是对欢乐的礼赞。这份礼赞，我从每声鸟啼中听到，从每朵花的芳香中嗅出，因此我认定，赞美是此刻唯一的祈祷形式，于是我与圣徒方济各一同祷告：上帝啊！我的上帝！“别无其他，能与您媲美”，心中充满难以言传的爱。

你也不必担心，我绝不会因此成为一个盲目无知之人！得益于最近秋雨绵绵，我有空宅在家中看了不少书，将心中的热爱又都倾注到书本中了……我刚看完马勒伯朗士，就立刻拿起莱布尼茨的《致克拉克的信》。继而为了放松放松，又看了雪莱的《钦契一家》，并没什么意思；之后又读了《含羞草》……这么说可能会惹你生气，但我觉得雪莱和拜伦的全部作品加起来，也抵不上去年夏天我们一起念的济慈的四首颂歌；同样，雨果的全部作品，也抵不上波德莱尔的几首十四行诗。“大诗人”这个字眼儿，说明不了什么，诗人重要的是“纯粹”……我亲爱的弟弟！谢谢你帮我认识、理解，并让我热爱上这一切。

不，切勿为了与我相聚几天就缩短你的旅程。说正经的，我们现在还是不见面为好。相信我，你若在我身边，我就不能进一步思念你了。我不愿惹你难过，但是现在，我倒不希望你在眼前了。说真的，假如得知你今晚会来……我马上就躲开。

拜托，请不要让我向你解释这种……心情。我只知我在一刻不停地思念你（这该足以使你幸福了），而我这样也很幸福。

收到最后这封信不久，我便从意大利回国，并且立即应征入伍，被派往南锡服兵役。在这里，我举目无亲，一个人都不认识；不过，独自一人倒也自在。因为，无论对艾丽莎还是对我这个骄傲的情人来说，情况都很明了：她的书信是我唯一的精神寄托，而我对她的思念，拿龙沙的话来讲，就是“我唯一的隐德来希”（意即“唯一的圆满”）。

坦白地说，我乐得遵守军队严厉的纪律，什么都能挺得住，而在写给艾丽莎的信中，只是抱怨不能陪在她身边。我们甚至认为，这样长时间的分离，才是对我们的勇气应有的考验。“你从来不抱怨，”艾丽莎给我写道，“我也很难想象你有气馁的时候……”为了证明她这话，又有什么是我所不能忍受的呢？

我们自上次一别已近一年。她似乎没在意过这一点，而现在才开始期盼着我回去。为此我写信责怪她，她却回信说：

我不是同你一道游览了意大利吗？你这个忘恩负义的家伙！我哪一天未曾与你相伴！但你要明白，从现在起的一段时间里，我无法再陪你了，也是这段日子才能称作分离。我尽力去想象你穿上军装的模样，却怎么也想象不出来。顶多能想到，你晚上在甘必大街的小寝室里写信或读信的样子……甚至能想到，一年之后你再次出现在丰古泽马尔或者勒阿弗尔的样子。

还有一年！已经过去的日子就不作数了，我寄希望于将来的那一天，等它慢慢地，一点一点地靠近。你一定记得花园尽头，墙脚栽种菊花的那堵矮墙，我们以前会冒险爬上去，你和朱丽叶总是大胆地往前走，就像直奔天堂的穆斯林教徒；而我呢，上去没走两步就头晕目眩，你在下面就冲我喊："别低头看你的脚！要往前看！盯着目标，一直往前走！"到最后，你还是会爬上墙，在另一头等我，这可比你喊的话管用多了——我不再发抖，也不觉得眩晕了，眼睛只注视着你，跑过去，投入你张开的怀抱。

杰罗姆，若不是靠着对你的信赖，我会成为什么样呢？我需要你坚强，需要依靠你。你可别软弱。

怀着一种挑战的心理，我们故意延长等待的时间，但也许同样是出于害怕的心理，担心我们重聚时一切不会那么完美，于是我们商定圣诞节的那几天假期，我就去巴黎陪阿什伯顿小姐度过。

我前面说过，我并不会把艾丽莎的所有信件都抄录下来。下面是我在二月中旬收到的一封信。

前天真是令人激动，我经过巴黎街M书店时，竟看见橱窗里赫然摆着阿贝尔的书。你之前跟我提过，但我总不相信他会真的出书。我不由自主地走进店里，但是觉得书名十分可笑，犹豫半晌也不好意思向店员开口；我差点想随便买一本书了事，幸好看到柜台旁就有一小摞他的《如胶似漆》出售，便操起一本，未跟店员打招呼，丢下钱就走了。

幸好阿贝尔没有寄他的书给我！我每翻阅一页就觉得丢脸；这倒不是因为书本身，虽然书中的蠢话比下流话要多——而是因为我想到书的作者阿贝尔，正是你的好友阿贝尔·沃提尔。我一页页地读下去，却丝毫没有找到任何痕迹，表明他是《时代》杂志评论家所称的那个崭露头角的“伟大天才”。在勒阿弗尔的小圈子里，人们也兴致勃勃地谈论着阿贝尔，说这本书非常成功。书中展露的不可理喻的轻佻，被人们赞誉为“轻盈”和“雅致”；自不待言，我始终持谨慎的态度，只对你谈谈我的读后感。至于可怜的沃蒂埃牧师，他起初还挺难过，这也是理所当然，但后来在周围人赞不绝口的追捧中，他也开始动摇，怀疑自己是否也应引以为傲。昨天在普朗蒂尔姑妈家，V太太突然说：“令郎如今取得这番成就，牧师先生，您应当高兴才是！”他却有点惶恐不安，回答说：“上帝啊，我还没这感觉呢！”“您会有感觉的！您会有的！”姑妈连声说道，她这话当然没有恶意，不过语气充满了鼓励，把所有人，包括牧师本人全逗笑了。

听说他又在为一家通俗剧院创作剧本《新阿拜拉尔》，报纸上已在大肆宣扬，可是搬上舞台会成个什么样子呢？可怜的阿贝尔，难道这就是他渴望的成功吗？这会令他满足吗？

昨天我读了《永恒的安慰》，里面有这样一段话：“凡真正渴求真实荣耀者，则必放弃世俗的荣耀；凡不能于内心鄙视世俗之荣耀者，则必不会爱上天主恩赐的荣耀。”由此我想：“我的上帝，感谢您选中杰罗姆领受这份上天的荣耀，相比之下，另一种荣耀则尽是虚妄与愚蠢。”

在单调乏味的琐事中，一周又一周，一月又一月悄然流逝。我的思想只陷在回忆或对以后的希望中，倒也不觉得时光漫漫，岁月悠长。

舅舅和艾丽莎打算六月份去尼姆郊区看望朱丽叶，她的预产期在那个时候；不过，那边传来消息说她身体抱恙，他们便提前动身了。

到尼姆后，艾丽莎给我写了信。

你的上封信寄到勒阿弗尔时，不巧我们已经离开。不知怎么回事，这封信辗转一周才到我手上。整整一周，我就跟丢了魂儿似的，战战兢兢，可怜无助。我亲爱的弟弟啊！只有同你在一起，我才能真正做自己，超越自己。

朱丽叶身体状况有所好转，说不上哪天就会分娩，我们陪着她，并不怎么担心。她知道我今早给你写了信。我们到达艾格维沃的次日，她就问过我：“杰罗姆呢，他怎么样啦？他一直给你写信吗？”我自然不能对她说谎。“你再给他写信时，就告诉他……”她迟疑一下，又含笑极为轻柔地说，“……说我身体已经好了。”她之前给我写信，语气也总是那么快活。然而，我担心她只是做戏骗我，也骗她自己。她今天营造出来的幸福样子，与她从前所梦想的大相径庭，现在的一切都非她曾经希望赖以获取幸福的东西！

唉！人的幸福与心灵的追求休戚相关，恰是那些构成幸福的外部因素最无足轻重！我独自在常青灌木丛边散步时，常有许多感触，这里就不赘述了；不过有一点最令我惊讶，就是说我并没有因此而感到更加快乐——朱丽叶幸福了，我应当满心欢喜才是，却为何又无缘无故地伤感，还摆脱不掉这种情绪呢？就连当地的美景，都进一步加重了这份难以名状的惆怅。

你从意大利给我写信时，我透过你去领略世间万物；而现在未透过你的眼所看到的一切，都像是一种窃取。还有，在丰古泽马尔或者勒阿弗尔时，由于连绵的阴雨，我培养出了一种忍耐力。可是到了这里，这种忍耐力似乎用不上了，这种无用武之地的感觉令我不安。当地人豪放的笑声和乡村的景致令我不快；我所谓的“伤感”，或许只是不像他们那般喧闹罢了……不得不承认，我过去的快乐中掺杂着几分骄傲，而现在置身于这种陌生的欢快氛围中，就有一种近似屈辱的感觉。

第五章

我来到这里之后，还没能诚心诚意地做过几次祈祷。我有一种幼稚的感觉，上帝不在原来的位置上了。再见，我就此搁笔了。我感到羞愧，竟然这样亵渎上帝，任凭自己表现出软弱和伤感，还老实承认，写信告诉你这一切。这封信如果今晚不寄走，明天我可能就会撕掉。

接下来的一封信里她就只谈了刚出生的小外甥女，说她做了孩子的教母，朱丽叶和舅舅多么高兴，但只字未提她本人的感想。之后，又从丰古泽马尔寄来几封信，说七月份时朱丽叶去探望了她。

今天早晨，泰西埃和朱丽叶起身回家了。我非常不舍我那小侄女，半年之后再见，恐怕都认不出她的一举一动了。到现在为止，她的一颦一笑，无不是在我的注视下发生。人的成长，总是那么神秘莫测，令人惊叹！只是因为我们不大留意，才没有经常产生这种惊奇之感。有多少时候，我俯身看着这充满希望的小摇篮。是何等自私、自满和不求上进，才会使人类的这种发展戛然而止，在距离上帝还很远的地方，就让一切停滞于确定的样子呢？假如每个人都能够，并且愿意靠上帝再近一点儿，将是何等美好的竞赛啊！

朱丽叶看起来很幸福。我见她放弃了弹钢琴和阅读，起初我还挺伤心。可是，爱德华·泰西埃不喜欢音乐，对书籍也没多大兴趣，朱丽叶不能与他分享这些乐趣，便自己也放弃了，这也算是明智之举。反之，她对丈夫的生意渐渐产生兴趣，而丈夫也乐得将所有生意经传授与她。今年，他的生意有很大发展，他还开玩笑地说，他结了这门好亲事，才使他在勒阿弗尔赢得了大量客户。最近一次外出谈生意时，泰西埃还带上了罗伯特，对他关怀备至，并说了解他的性格，相信他对这份工作会产生实实在在的兴趣。

父亲的状态日渐好起来了。眼见女儿收获幸福，他也恢复了活力，又开始关心农场、花园，有时还让我继续高声念书给他听。阿什伯顿小姐在这边的时候，我开始给他们念德·于伯夺男爵的游记，我自己对这本书也兴趣浓厚，但因为泰西埃一家的到访中断了。现在，我有更多的时间用来读书；不过，我还等你给予指点。今天上午，我一连翻看了好几本书，却对哪本都提不起兴趣！

自那之后，艾丽莎在信中的语气显得越发焦急和迫切。临近夏末，她给我寄来一封信。

我怕惹你担心，就没有告诉你，我是多么盼望你回来。与你重逢前的每一天，我都度日如年，喘不过气来。还有两个月呀！我觉得这比我们已经分开的全部时间加起来还要长！在等待的日子里，我努力做别的事来消磨时光，却都是些暂时性的消遣，无足挂齿，我越强迫自己做什么便越做不下去。以前爱不释手的书籍，此刻却丧失了价值和魅力，读起来索然无味；散步也没了乐趣可言，整个大自然仿佛一瞬间失去了魔力，花园也黯然失色，没有了芳香。

我羡慕你当兵的苦差事儿，羡慕不由得你选的强制训练。它们占满你的白天，让你自顾不暇、疲惫不堪。到了晚上，你便拖着困乏的身子倒头入睡。你向我描绘的操练，那么活灵活现，在我脑袋里挥之不去。这几天夜里我总是睡不好，好几次惊醒，仿佛听见了起床的号声响起，我是真真切切地听到了。你描述的那种迷糊中的陶醉、清晨的欢快、睡眼惺忪时的感觉……我都能想象得到。在清冷的黎明曙光中，马尔泽维尔高原上的景色该有多美啊！

近来我的身体不大好；不过，也没有什么大事儿。大概只是因为盼你归来的心情急切了些。

六周后，我又收到她的来信。

这会是我给你写的最后一封信了，亲爱的。虽然你归期未定，但应该也不会拖太久，因此我便不再给你写信了。本来我希望在丰古泽马尔与你相见，可现在天气变得很糟，已经非常冷了，父亲时常念叨着要回城里去。朱丽叶和罗伯特都不在家，让你留宿我家也没什么问题；不过，你最好住到普朗蒂尔姑妈那里，她也会很乐意接待你的。

重逢的日子越来越近，我盼望的心情也越发焦急，简直有些坐立难安。原先我那么盼你回来，现在仿佛又怕你回来；我尽量不去想这件事，脑海中却浮现出你按门铃的声音、你上楼的脚步声，我的心即刻停止跳动，一阵难过……千万不要期望我能对你说些什么……我感到我的过去就此终结，往前什么也看不见，我的生命静止于此刻。

然而四天之后，亦即我退伍的前一周，我又收到她一份简短的信件。

亲爱的，我完全同意你的想法——不在勒阿弗尔逗留太久，我们第一次重逢也不必在一起待太长时间。我们想说的话，平日在信中不也都说了吗？既然你要在二十八号回巴黎参加考试，那就别犹豫，更不要惋惜我们只能一起待两天。我们不是还有整整一生可以共度吗？

第六章

我们的首次重逢是在姨妈家。我突然觉得服完兵役后，自己整个人变得滞重而笨拙……事后回想，她肯定也觉得我变了样。但于我们而言，初见的这种错觉又有什么关系呢？——就我自己来说，一开始我还不敢抬头正眼看她，生怕不能完全认出她来……不，弄得我们这般不自在的，不如说是众人硬要我们扮演未婚夫妇这种荒唐角色，以及所有人都那般急切地想要走开，好让我们有机会单独相处。

“姑妈，你真的一点儿没妨碍到我们呀，我们并没有什么秘密事儿要说。”艾丽莎终于嚷起来，因为姨妈显然是在尽力避开我们。

“有的！有的，孩子们！我非常了解你们。你们这对儿小年轻已经好久没见面了，总有一大堆事儿，彼此要聊一聊……”

“求求你了，姑妈，你要是走了，我们可就生气了。”艾丽莎的声调带有几分火气，我都不太确定这是她的声音了。

“姨妈，我保证，您要是走开了，我们可就一句话也不讲了。”我笑着帮腔，但是一想到我们俩要单独相处，我心里竟也萌生出几分惶恐。于是，我们三个又接着聊天，有一搭没一搭地说着，每个人都装出开心自在的样子，故作兴奋，以掩饰内心的慌乱。次日我们还要见面，因为舅舅邀请我去吃午饭，于是这晚我们分开时倒也轻松，而且双方都很高兴这个闹剧终于收了场。

我提早来到舅舅家，离午饭还有好一会儿。不巧，艾丽莎正在同一位女性朋友说话，又不好意思打发她走。对方也是个不识趣的，逗留半晌不肯离去。终于等到只剩我们两人，我还故作奇怪，问艾丽莎怎么不留人家吃饭。我俩昨夜都没能睡个好觉，显得无精打采，还有些焦躁。舅舅过来了，我发觉他老了很多，艾丽莎也看出来了我的心思。舅舅耳朵也背了，听不清我说什么。为了让他明白，我只好大声嚷嚷，结果说出来的话也变蠢了。

吃过午饭，普朗蒂尔姨妈按提前约定的，开车来接我们去奥尔谢，打算返程途中让我和艾丽莎步行一段路，因为那段路的风景很美。

虽已入秋，这天的天气却很热。我们步行的这段海岸阳光暴晒，没什么可看的；树木光秃秃的，一路没有遮阴的地方。我们担心姨妈的车在前边等太久，便不自在地加快了脚步。我头疼得厉害，根本想不出什么话茬儿，为了装得坦然一点儿，或者想借由免得说话，我就边走边牵起艾丽莎的手，而她也任凭我牵着。由于心情激动，快步走得气喘吁吁，加上彼此沉默又尴尬，我们血脉上涌，脸色通红。我感到自己的太阳穴怦怦直跳，艾丽莎的脸色也红得难看。不大工夫，我们的手心都出汗了，潮乎乎地握在一起，感到极为别扭，所以就干脆放开手，各自落寞地垂下去。

第六章

我们走得太快，赶在姨妈的车之前好一会儿就到了路口。为了让我们有足够的时间聊天，姨妈走了另一条路，并且开得很慢。于是，我和艾丽莎就坐到路堤上等她。我们浑身冒汗，这时忽然一股冷风吹来，吹得我们一激灵；我们又赶紧站起来，去迎姨妈的车子……最糟糕的还是可怜的姨妈，她过分关心我们的事，确信我们一路上肯定说了很多话，就追问我们订婚的事儿。艾丽莎再也受不了了，泪水盈眶，推说头疼得厉害。于是回去这一路，大家都默默无言。

次日我醒来，只觉得腰酸背痛，有点儿着凉，浑身难受得很，一直到下午才决定去布科林家。不巧，艾丽莎有客人，是普朗蒂尔姨妈的孙女玛德兰·普朗蒂尔，我知道艾丽莎时常跟她聊天。她到祖母家住几天，一见我进屋便高声喊道："一会儿你要是离开这儿去'斜坡'的话，咱们可以一起走。"

我机械地点了点头，这下又不能跟艾丽莎单独谈谈了。不过，有这个可爱的小姑娘在场，倒也帮了我们的忙，我不再像昨天那样尴尬得要死。我们三人很快就随意地聊起来，聊天内容也不像我一开始担心的那样无趣。我起身告辞的时候，艾丽莎冲我古怪地一笑，就好像到那时她还未明白过来，第二天早上我就要走了。但是，想到不久后我们还会见面，这次告别时，也就没有出现什么伤感的场面。

可是，晚饭过后，我心中感到隐隐不安，便下山进城，游荡了将近一小时，才决定再次去按布科林家的门铃。这次是舅舅出来开了门。艾丽莎身体不适，已经上楼回房，想必随即上床歇息了。我同舅舅聊了一会儿，便起身离开。

几次见面都这么不凑巧，可是责怪又有什么用呢？就算事事如意，我们也会生出尴尬来。这一点，艾丽莎也感觉到了，这比什么都让我心里难受。我刚回到巴黎，就接到她的来信。

第六章

亲爱的，这次见面真是叫人伤心！你可能会怪罪别人妨碍我们，可是这连你自己都说服不了吧。现在我终于明白，我们之间恐怕就永远如此了。唉！求求你，我们不要再见面了！

我们明明有很多话要讲，可是见了面，为何变得这样别扭，这样做作，相对无言又无可奈何？你回来的第一天虽然沉默寡言，但我还是开心的，以为你走之前总会打破这种沉默，对我讲些美妙的事情。

然而，去奥尔谢的那趟散步，简直令人灰心，尤其是我们拉在一起的手各自放开，无望地垂落下去，让我感到心痛欲裂。最令我伤心的倒不是你放开了我的手，而是感到即使你不这样做，我的手在你的手中也不舒服，我自己也会松开。

也就是昨天，我疯了似的等你一上午。我

实在烦躁不安，在家待不住了，就给你留了个字条，让你到海堤找我。我久久凝望波涛汹涌的大海，可是没有你在身边一同欣赏这海景，我心中又苦不堪言。我猛然想到你可能就在我的房间等我，便往家走。我知道自己下午没空，因为我原以为上午能见到你，头一天玛德兰表示要来看我，我便约她下午过来。不过，也许多亏有她在场，我们这次重逢才有了这段唯一美好的时光。当时有一瞬间，我产生了一种奇异的幻觉，似乎这样轻松的谈话会持续很久很久……然而，当你凑近我和玛德兰坐着的长沙发，俯身对我说“再见”时，我不知该如何应答，觉得一切都结束了，我才回过神来，明白你要走了。

你和玛德兰刚一走，我就感到这是不可能的，也无法忍受。你相信吗，我又出门了！我想再跟你谈谈，把没说出口的话全讲出来；我已经抬脚朝姑妈家跑去……可是天色已晚，我没时间也不敢再说什么了……我心中感到绝望，只能回家写信给你……想写一封诀别信，说我将就此绝笔，不再写信给你。因为我深深感到，我们的全部通信无非是一场幻影，我们各自，唉！不过是在给自己写信……杰罗姆！杰罗姆！噢！我们还是永远分开吧！

不错，这封信我一开始撕掉了，可是又重写了一封，差不多还是原样。亲爱的，我对你的爱丝毫未减！非但未减，而且每当你一靠近，我就心慌意乱，局促不安，从而比任何时候都更加明显地感到，我爱你有多深，可又多么绝望，因为我在内心必须承认：离你越远，我就爱你越深。唉！这种情况我早就料到了！我多么热切地企盼这次见面，却终于看清了这一点，而你，亲爱的，也应对此深信不疑。别了，我深爱的弟弟，愿上帝保佑你并指引你：唯有在上帝面前聚首，我们才不会遭受惩罚。

就好像这封信给我造成的痛苦还不够似的，她在第二天又寄来了一段附言。

在给你写完这封信后，我还得向你提一点要求：关系你我二人之事，还请再谨慎一些。你不止一次将我们之间的私事说与朱丽叶和阿贝尔，这伤害到了我。正因为如此，可能你还没觉察，但我早就认识到：你的爱理性成分居多，是一种执着又理智的温情与忠诚。

显然，她是怕我把这封信拿给阿贝尔看，才特意交代了最后这几句话。是什么让她起了疑心，进而这样警觉起来了呢？难道她在我的言谈话语中，早就察觉出我找朋友出过主意?

其实，我们如今已经疏远多了！我俩各自踏上了完全不同的人生道路。我学会独自承受折磨着我的忧伤和负重，艾丽莎的这种嘱咐毫无必要。

一连三天，我心里都愤愤不平。我想给艾丽莎写信，又顾虑重重，怕争论起来太较真，申辩起来太激烈，还怕哪个词用得不当，揭了我们的伤疤而再难医治。在这封信里，我奋力为自己的爱情抗争，修修改改不知反复了多少遍。泪水浸湿了信纸，我最终下定决心将它寄出。如今每每再看这封信，依然会泪流满面。

艾丽莎！可怜可怜我，也可怜可怜我们俩吧！你的信叫我好难过。对于你的种种担忧，我真希望一笑置之！对，你说的那些，我也有所感觉，只是不敢承认。可你把纯粹臆想的东西当成多么可怕的现实，又极力把它加厚横亘在我们中间！

如果你感到对我的爱减弱了……噢！这种残忍的念头从不曾在我脑海中闪过，也和你这封信从头至尾表达的意思相反！那么，何须被这一时的忧虑所困扰呢？艾丽莎！我只要一开始讲道理，语句便会变得僵硬冻结，只听见自己这颗心在痛苦呻吟。我爱你太深，便无法巧言善辩；我越爱你，便越不知该如何向你诉说。“理性的爱”，让我怎么回答好呢？我对你的爱，是发自我的整个灵魂，又如何分得清理智与真心？既然我们的通信为你诟病，既然通信将我们抬得很高，又将我们抛入现实中而使我们遭受重创，既然你现在认为，你写信只是给自己看的，既然我没有勇气希冀从你那再看到一封类似的信，那么求求你了，我们就暂时停止书信往来吧。

第六章

我接着在信中提出抗议，表示不同意她的“判决”，恳请她对我们保持信心，寄希望于下一次会面。而刚结束的这次见面，处处不顺，无论是环境、他人的干扰，还是季节，都对这次会面不利。就连我们之前热情洋溢的通信，也没能为此做好铺垫。所以，在下次见面前，我们之间要完全保持沉默。我希望到时会是春天，将会面安排在丰古泽马尔，舅舅会愿意在复活节假日接待我，至于多住些日子还是少住两天，那就看艾丽莎乐意怎么样。

既然主意已定，信一发出去，我便专心投入学习中了。

可是还未到年底，我就又见到艾丽莎了。近几个月来，阿什伯顿小姐日渐体力不支，在圣诞节前四天去世了。我服完兵役回来后，就同她住在一起，基本上没有再离开过，陪伴她度过了最后的时光。艾丽莎寄来一张明信片，以表对我哀痛的安慰，但显然她更看重我们之间保持沉默的约定。她赶头一趟火车来，再乘第二趟火车回去，只为参加葬礼，因为舅舅来不了。

送葬时几乎只有我们两个人，我们跟随灵柩，并排走着，一路上没说几句话。然而到了教堂，她坐到我身边，有好几次我都觉出她朝我投来深情的目光。

“就这么定了，”临别时她对我说，“复活节前什么也不谈。”

“好吧，可是到了复活节……”

“我会等你。”

我们走到了墓园门口，我提出陪她去车站，她却招手叫住一辆车，连句告别的话也没讲就走了。

第七章

四月底，我回到丰古泽马尔。

“艾丽莎在花园里等你呢。”舅舅像父亲一样抱抱我，对我说道。艾丽莎没有立刻出来迎我，一开始我还颇感失望，但是很快又心生感激，这样倒使我们免去了刚见面时的客套寒暄。

她在花园尽头。我朝着菜圃台阶处的圆形路口走去，只见四周的灌木丛中开满丁香、花楸、金雀花和锦带花，在这个季节争相斗艳。我不想远远望见她，或者说不想让她瞧见我走近，便从花园另一侧，沿着树木遮蔽的“黑暗小径”过去，浓荫下空气清凉。

我脚步放得很慢。天空似乎同我一样欢快，暖意洋洋、明亮又纯净。她一定以为我要从那条花径过去，因此我都走到她跟前，站在她身后了，她还没有察觉。我站住了……就好像时间也能同我一道停住似的。我心中想道：就是这一刻，也许是最美妙的一刻，它先于幸福到来，甚至胜过幸福本身。

第七章

我往前一步，想在她跟前跪下。她却听见了，霍地站起身，手中的刺绣活儿也滑落到地上。她伸出双臂，两手搭在我肩上。我们就这样待了片刻：她的手臂搭着我，探着头满脸笑容，一言不发，温情脉脉地注视着我。她穿了一身白衣裙。在她那张有些过分严肃的脸上，我重又看到她孩童般的笑容。

“听我说，艾丽莎，”我突然高声说道，“我有十二天假期，但凡你不高兴了，我一天也不多留。不如我们定下一个暗号，看到它，表明我次日就得离开丰古泽马尔。那我第二天立马走人，既不怪罪谁，也不发怨言。你同意吗？”

这话完全是一时兴起，因此讲得非常自然。她考虑了片刻，便说道：

“这样吧，晚上我下楼吃饭时，脖子上如果没戴你喜爱的那副紫晶十字架……你就明白我意思了吧？”

“那将是我在此留宿的最后一晚。”

“你真能那样干脆地走了？不流泪，也不叹息……”

“而且不辞而别。最后一晚，我们还像前一晚那样自然地分开，你可能会心中嘀咕：他究竟明白我的暗示没有？可是第二天早晨，你再来找我，就会发现我已悄然离去。”

“第二天，我也不会去找你。”

我接住她伸过来的手，拉到唇边吻了吻，同时又说道：

“从现在起，到我走之前的最后一晚，不要给任何暗示让我产生预感。”

“你也一样，不要做出任何即将离去的暗示。”

现在，为了打破这种庄重的会面可能在我们之间造成的尴尬气氛，我又说道：

“我真心希望在你身边的这几天，能像平常日子一样……我是说，我们不必把这些日子看得有多么特别，也不用一开始就急着找话题……”

她笑起来。我则补充道：

“我们就没有可以一起干的事了吗？”

我们一直都对园艺充满兴趣。新来的花匠替换了老花匠，却不如人家有经验，将花园搁置了两个月，好多地方需要修整。有些玫瑰树没有剪枝，有的生长旺盛，但枯枝烂叶掺杂其间；还有些攀缘植物，枝蔓垂掉下来，四处搜寻攀爬物；更有些疯长的树枝，夺走了其他枝叶的营养。这些大多都是我们以前嫁接的，现在都还认得出来，但照料起来费时费工，占去了我们头三天的时间。我们期间也说了许多话，但丝毫没涉及任何严肃的事儿，沉默的时候，也不觉冷场的沉重感。

就这样，我们重又习惯了彼此的存在。比起任何实质上的解释，我更想依赖于这种习惯。就连之前长久的分离，也在我们之间淡忘了；同样，我以往常常感觉到的她内心的忧虑，她面对我时的紧张情绪，也都减弱了。艾丽莎显得青春焕发，比我秋天探访时的状态强多了，那次探访可真是可悲啊。在我眼里她从未像现在这样美，而我还没亲吻过她。每天晚上，我都看见金链吊着的紫晶小十字架戴在她脖子上，衬着她的胸衣闪闪发亮。我有了信心，希望在我心中再次萌芽。我说了“希望”吗？其实对于我们的感情，我早已深信不疑，而且相信艾丽莎会有同感。我对自己没了怀疑，因而对她也不再心存疑虑。我们的谈话也大胆起来。

一天早上，天气晴朗怡人，我们的心情也很美好，就像那盛开的花朵一般。

“艾丽莎，朱丽叶现在生活幸福美满了，你说我们是不是也……”

我缓缓说道，眼睛注视着她的脸。一瞬间，她的脸失去了血色，变得煞白，我到嘴边的话都没敢说完。

“亲爱的，”她说道，目光却没有转向我，“我在你身边，比想象中还要快乐。不过，请相信我，我们并非为了追求幸福而生。”

“除了幸福，人的心灵还能追求什么呢？”我情绪激动地喊道。

“神圣。”她轻声答道……声音如此之小，与其说我听到了这个答案，还不如说是我猜到的。

我的全部幸福仿佛就在此刻展开翅膀，一飞冲天，离我而去。

“没有你，我达不到。”我说道，并俯身将头埋在她的膝间，像个孩子一样哭了起来。但并不是因为伤心而哭，而是为了我的爱情。我一遍遍说道：“我不能没有你，不能没有你。”

这一天像往日一样过去了。然而到了晚上，艾丽莎下楼时没有戴那副紫晶小十字架。我信守诺言，次日拂晓便不辞而别。

离开后的第二天，我便收到下面这封古怪的信，开头引用了莎士比亚剧中的几句诗作为题词：

又弹起这曲调，节奏逐渐消沉，
经我耳畔，如微风吹拂紫罗兰；
声音轻柔，偷走紫罗兰的清芬，
偷走还奉送。够了，不要再弹；
现在听来，不如从前那样香甜。

是的，我亲爱的弟弟。我情难自已，一早上都在各处寻你。我不敢相信你真的已经离开，心中还怨恨你信守诺言。我想这只是个玩笑，你肯定会在不经意间从哪个灌木丛后面跳出来。但是没有，你真的走了。谢谢。

剩下的大半天时间，我的脑海里总是萦绕着

一些想法，特别想对你诉说。我有一种真切而莫名其妙的担心，这些想法如若不告诉你，不久我便会心怀亏欠，你也必定会怪我。

你刚到丰古泽马尔的时候，我感到在你身边，整个身心都有一种奇异的满足，我先是惊讶，很快又感到不安了。你对我说过：“我十分满足，此外别无他求！”唉！正是这一点令我不安……

亲爱的，我担心你误解我，尤其是当我最纯粹地表露内心的强烈情感时，我担心你把它当成钻牛角尖的说理。啊！那就大错特错了。

“幸福如不能让人满足，那就算不上幸福”，这是你对我说的，还记得吗？当时，我不知道如何回答才好——不，杰罗姆，幸福不能让我们满足。杰罗姆，它也不应该让我们满足。这种乐趣无穷的满足感，我不认为是真实的。我们秋天见面时不是已经明白，这种满足掩盖了多大的痛苦吗？

千真万确！上帝保佑，我们生来是为了追寻另一种幸福……

我们以往通信太过频繁，才毁了秋天的会面；同样，想到你昨天就与我在一起，我今天写信给你的兴致也消除了。我从前乐此不疲地给你写信，那股陶醉的心情如今哪去了？这些书信和见面，将我们在爱情中所能期望的最单纯的快乐全部耗尽。现在，我忍不住要像《第十二夜》里的奥西诺那样高喊：

“够了，不要再弹；现在听来，不如从前那样香甜。”

别了，亲爱的。从现在开始爱上帝吧。唉！你能明白我是多么爱你吗？我的心永远属于你，直到生命的尽头。

第七章

我总是无法抗拒美德的陷阱。所有英雄主义品质，都会令我意乱神迷，因为我不能将美德与爱情分离。艾丽莎的信，在我内心激荡起最轻率和醉人的热忱。上帝明鉴，我只是为了她，才奋力往更高的美德之峰攀爬。任何小径，只要能引向巅峰，便能使我与她相会。啊！即使地面瞬间缩小也不为过，但愿这片土地最后只够承载我们二人！唉！我没有怀疑她的巧饰，也难以想象这顶峰只能容纳一人，而她借此再次逃离了我。

我给她回了一封长信，只记得其中一段还算清醒的话：

> 我时常觉得，爱情是我生命中最美好的东西，我的其他所有品性都因它而存在；为了爱情，我愿超越自己，而若没了这份爱，我就会跌落至极其平庸的境地，回到天性赋予的最平凡的

样子。正是怀着与你相会的期望，所以不论多么崎岖陡峭的小径，在我眼里也变成通往天梯的正途。

不记得我在信中还写了什么，促使她在回信中这样说道：

可是，亲爱的，圣洁不是一种选择，而是一种“天职”（在信中，她在这个词下画了三条线表示强调）。如果你是我认为的那种人，那么，你也同样不能逃避这种天职。

一切都结束了。我明白了，确切地说我有预感，我们的通信将就此结束。无论施以多么义正词严的建议，还是传达多么执着的意愿，都无济于事了。

然而，我还是怀着深情写长信给她。在寄出第三

第七章

封信后，她给我回了下面的字条：

亲爱的：

不要以为我决意不再写信给你，我只是暂时找寻不到写信的乐趣。收到你这几封信还是让我很开心，但我越来越责备自己，不该害你为我思虑万千。

夏天就要来了，这段时间我们还是先别写信了吧。等到了九月中旬，你可以来丰古泽马尔，我们一起度过后半个月，你觉得如何？如果同意，就不必回复我了。我会将你的沉默视为默许，所以，还是希望你不要回复我了。

如她所愿，我并未回信。无疑，沉默是她对我最后的考验。随后的几个月我潜心学习，并外出旅行数周，然后心平气和、镇定自若地回到了丰古泽马尔。

我自己一开始也没弄明白的状况，岂能指望在此三言两语就说清楚？然而，从回来的那时起，我整个人就陷入了悲痛，除了道明缘由，我还能在这里描绘些什么呢？我最初未能透过虚假掩饰的外表，感受到背后仍在跳动的那颗爱恋的心，这让我至今无法原谅自己；起初我只见这外表，而认不出昔日女友的模样，便因此责怪于她……不，艾丽莎，即使在当时，我也不责怪你！我只是因为认不出你的样子而绝望地哭泣。现在再看你缄默的诡计和残忍的谋略，才明白这份爱的分量有多重，那么如果你越是残酷地伤我的心，我是否应该越是深沉地爱你呢？

轻视而过？冷漠处之？不，我无法与自己的情感抗争，甚至有些束手无策。有时我也心存犹豫，怀疑自己的不幸是庸人自扰，须知这种不幸的起因往往极其微妙，而艾丽莎也总是极其巧妙地装聋作哑。我又能抱怨什么呢？这次接待我时，艾丽莎比以往任何时候都更加笑意盈盈，更加殷切。第一天，我差点被迷惑住了……但是她换了一种发式，头发平平地梳向后边，衬得面部线条非常直板，表情也不一样了；她还穿了一件色彩黯淡的粗布料胸衣，极不合体，使她原本曼妙的身姿添了几分笨拙。不过，话说回来，这些又有什么关系呢？她若想改变这种妆容，也是轻而易举，而且我还盲目地认为，第二天她就会主动地，或者应我的请求而改变。让我更为担心的是她这种殷勤关切的态度，这在我们之间并不常见，只怕这是出自决心而非激情，或者冒昧地讲，出自礼貌而非爱情。

晚上我走进客厅，惊讶地发现钢琴不在原来的位置。我失望地大叫起来。

艾丽莎却异常平静地回应我说：“钢琴送去修了，亲爱的。”

“我就说嘛，孩子，”舅舅责怪道，口气略显严厉，“你用了这么久，不都弹得好好的，何不等杰罗姆走了再送去修呢，这么着急，害我们少了一大乐趣……”

“可是爸爸，”艾丽莎的脸唰地红了，将头扭到一边，“我向你保证，这钢琴最近已经不成调了，就算杰罗姆来弹也弹不出什么曲子。”

“你弹的时候，听着没那么糟呀。”舅舅说道。

有那么一会儿，艾丽莎待在房间的暗影里，俯着身子，像是在认真数着手中椅套的针脚。然后她突然起身离开房间，过了好大一会儿才回来，用托盘端来舅舅每晚都要喝的药茶。

第二天再见时，她发式未变，也还穿着那身粗布衣裳。她和舅舅一起坐在屋前的长凳上，继续她打昨晚就开始的一些缝缝补补的针线活儿。旁边的一个大篮子里，装满了破旧的长袜和短袜，她不时从里面掏出一些，放在长椅上或身旁的桌子上。几天之后，她又开始缝补毛巾和床单。这些琐碎的活儿几乎占用了她所有的精力，她的嘴唇不再灵动，眼睛也黯淡无光。

头一天晚上，我几乎认不出这张失去了所有诗意的面孔，我注视着她的脸看了许久，她却丝毫也未察觉。我不由惊恐地呼喊起来：“艾丽莎！”

“怎么了？”她抬起头问道。

“我就想看看你能不能听到我的声音，你的思绪好像离我很远。”

“不，我在这儿呢，只是干这些缝补活儿就得全神贯注。”

“你缝补的这会儿，我念点东西给你听，怎么样？”

“我恐怕听不进去。”

“你何必挑这种劳神的活儿干呢？”

“总得有人干啊。”

“有很多穷苦的女人，她们干这种活儿是为了生计；而你干这费力不讨好的活儿，总不会是为了省几个钱吧？”

她立刻肯定地说她爱干这个甚于别的，好长一段时间，她都只干这一样，而其他的无疑都已经生疏了。她笑着说道，声音无比温柔，却莫名让我感到伤心。

“我说的都是再自然不过的事呀，你为何面露悲伤呢？”她的表情仿佛在这样说。

我的整颗心都在抗争，却一句话也说不出来。这种感觉令我窒息。

一两天后，我们一起去摘玫瑰花，艾丽莎随后让我把花儿送到她房间去。这一年，我还从没踏进过她的房间。我心中立刻萌生起多大的希望啊！我责怪自己之前不该那样伤心——只消她一句话，就能驱散我心中的愁云。

每次走进艾丽莎的房间，我的心中都会涌起一股强烈的感情。屋里的布置自然地形成一种和谐宁静的氛围，散发着艾丽莎所特有的气质。窗帘和床帏在窗户上投射出蓝色的阴影，桃花心木的家具泛着亮光，一切都那么整齐、洁净和安谧，在我的心上映出她的纯洁和沉思之美。

这天在她的房间里，我惊讶地发现，我从意大利带回来的两幅马萨乔画作的大照片，原本就挂在她床边的墙上，此刻却不翼而飞了。我正要问她照片去哪儿了，视线忽又落到床边的书架上，她平常把喜爱的书都放在上面。这些书是慢慢积累起来的，有一些是我送的，而另一些则是我们一起读的。此刻我才注意到，它们已经全部被搬走了，取而代之的是清一色毫无价值、庸俗不堪的宗教宣传小册子——我本以为她会对这些嗤之以鼻。我猛地抬起双眼，发现艾丽莎正在看着我笑。是的，她看着我笑得很开心。

“不好意思，”她随即说道，“你脸上的表情让我觉得好笑。你一看到我的书架，脸色就变了……”

然而，我没心情开玩笑。

“不是，艾丽莎，你现在就成天读这种书吗？”

“是呀，这有什么好奇怪的呢？”

“我原以为丰富食粮养育的聪明人，断不会贸然去尝试这些令人作呕的东西。”

“我不明白。”她说道，“这些书中的语言朴实无华，它们简单、明晰，我喜欢和它们进行思想交流。我早就知道，我们都不会轻易妥协。它们绝不会被优美的语言所诱惑，而我在阅读时，也不会产生世俗的钦佩。”

“难道你现在只读这种书吗？”

“差不多吧。这几个月都是。不过，我现在也没那么多时间看书。说实话，最近我试着重读你之前教我欣赏的一位伟大作家的书，却感觉自己像《圣经》中讲的那种人，故作姿态来拔高自己的身段。”

第七章

“究竟是哪位‘伟大的’作家，给了你这样古怪的看法？”

“不是他给了我这样的看法，而是我在读他的作品时产生了这样的感觉……是帕斯卡尔。或许我只是碰巧读到了不那么好的几段……”

我做了个不耐烦的手势。她说话时声音清亮，却单调乏味，像是在背书；眼睛一直盯着手里摆弄着的花束，几捧花反复插来插去。她见了我的手势，略停了一下，继而又以同样的声调说下去：“书中尽是高谈阔论之辞，费劲口舌只为证明一个微不足道的观点。有时我不免想，他那慷慨激昂的声调，可能并非因为信仰，而是发自怀疑。若是真心信仰，何须那么多眼泪，语气也不至于带着颤抖。”

“正是颤抖和眼泪，才显出这种声音之美。”我还想争辩，却瞬间泄了气。因为从她的话语里，我已经完全找不到以往我所钟爱的那种特质。我根据回忆如实记录下来这次谈话，事后未作任何修饰或编排。

“如果他不先从现世生活中清除快乐，”她又说道，“那么在天平上，现世生活就会重于……”

“重于什么？”我说道，听了她这种古怪的话不禁愕然。

“重于他所说的不确定的极乐。”

“这么说你也不相信啦？”我高声说道。

“这无关紧要！”她接着说，“我倒希望极乐是无法确定的，这样人们便无法拿它来做交易。热爱上帝的心灵走上美德之路，不应是为了图回报，而是出于高尚的本性。”

“帕斯卡尔这样高尚的人推崇的难道不正是这种隐秘的怀疑论？”

“不是怀疑论，而是冉森派教义，”艾丽莎含笑说道。“我为何要跟这些扯上关系呢？”她扭头看向自己床头的书，接着说道，“而这些书中的可怜人，自己也说不清究竟是属于冉森派、寂静派，还是别的什么派。他们只拜伏在上帝面前，就像风吹倒的小草，十分单纯，心情既不慌乱，也谈不上美。他们自认为很渺小，知道只有在上帝面前销声匿迹，才能体现出一点儿价值。”

“艾丽莎！”我忍不住喊起来，“你何必要这般自折羽翼呢？”

她的声音始终那么平静、自然，相比之下，我的这种感叹显得尤为可笑、浮夸。

她又微微一笑，摇了摇头。

“最后这次重读帕斯卡尔，我的全部收获……”

“是什么呢？”我见她住了口，便问道。

“就是基督所言：‘只为救自己命者，必然丧命。’至于别的内容，”她笑得更明显，还定睛看着我，接着说道，“我几乎看不懂了。跟小人物相处久了，说来也怪，很快就受不了大人物的那种崇高了。”

我心慌意乱，还能想出什么话来回答她呢？

“那我愿意陪你一起读这些训诫和默祷……”

“不，”她打断我：“若是看到你读这些书，我会很伤心的！我相信，你生来适于干大事业，不该与小人物为伍。”

她说得极其随意，丝毫没有意识到，这种绝情话会将我们分隔到两个世界，并撕裂了我的心。我头昏脑涨，想再说点什么，然后哭上一场，说不定我的眼泪会让她服软；然而，我将臂肘支在壁炉上，手扶额头，待在那里一句话也讲不出来。艾丽莎则继续沉着地整理着鲜花，根本没瞧见我的痛苦；或者是佯装没有瞧见……

这时，午饭的第一次铃声响了。

“我可能赶不上午饭了，”她说道，“你快去吧。”就好像刚刚的聊天不过是一场消遣，她又补充一句：“改天我们再接着聊。”

第七章

这场谈话没了下文。艾丽莎一直躲着我，虽然不是多么明显，然而她总能碰到事儿，一碰到就十分紧迫，必须马上处理。我得排队等待，等她料理完层出不穷的家务，去谷仓监视完修理工程，再拜访完她日益关心的佃户和穷人，这才轮到我。剩下来归我的时间少得可怜，她总是那么忙忙碌碌；不过，正是这些庸庸琐事，让我放弃了追逐她，我才没感到自己失去了多少东西。而极短的一次谈话，能给我更多的警示。有时，艾丽莎也留给我片刻时间，可实际上我们进行的不过是一场无足轻重的谈话，她就像在陪一个孩子玩儿似的。她匆匆走到我跟前，漫不经心，笑吟吟的，给我的感觉十分遥远，仿佛与我素昧平生。从她的笑容里，我有时甚至能觉察出某种挑战，至少是某种讥讽，看得出她是以躲避我的期望为乐……然而，我随即又完全怪罪到自己身上，因为我不想责备他人。我不知道能对她期待些什么，也不清楚能责备她什么。

原本以为会无比幸福的假日，就这样一天天溜走。我茫然地注视着日子流逝，既无意去延长它停留的时间，也不想减缓其流逝的速度。不论怎样，我的痛苦都在增加。然而，就在我动身的两天前，艾丽莎陪我来到废弃泥灰场边的长椅处。这是秋天一个清朗的夜晚，一点儿雾气也没有，就连天边映着蓝色背景的景物都清晰可辨，而过去最为飘忽不定的事，此刻也清楚地浮现在眼前。我情不自禁抱怨起来，指出我曾经是多么幸福，如今却全都失去了。

“可是，亲爱的，对此我又有什么办法呢？”她立刻说道，“你爱上的是一个影子。”

“不，不是影子，艾丽莎。”

“你爱上了自己想象出来的一个形象。”

“唉！我没有凭空想象。她曾是我最亲密的朋友，我要把她召唤回来。艾丽莎，艾丽莎，我爱的就是你这个活生生的人。你对自己做了什么？你看你让自己变成了什么样？”

她半晌没有作声，只是轻轻地揪下一朵花的花瓣，沉默地低着头。终于，她说道：

“杰罗姆，你何不干脆承认，你没那么爱我了？”

“因为不是这样的！不是这样的！”我气愤地喊起来，“我比任何时候都更爱你。”

“你爱我……可又为我感到惋惜！”她说着，努力挤出一丝微笑，并耸了耸肩。

“我不能让我的爱就这样流逝。”

我脚下的地面在塌陷，我拼命想要抓住一切……

“所有的事物都会成为过去，爱情也一样。”

“我的爱不会，除非我死了。”

“时间会让这份爱慢慢淡去的。你声称你还爱着的这个艾丽莎，只是存在于你记忆中的她罢了。某一天回想起来，你只会记得自己爱过她。”

“你这么说，就好像有什么能够取代她在我心目中的位置，或者我的心会停止爱她。难道你忘了，你也曾爱过我吗？你现在这样费劲折磨我，却是为何？”

我看到她苍白的嘴唇颤抖了一下，声音含糊不清地低语道：

“不，不，艾丽莎的心也没有变过。”

“那就什么都不会改变。”我说着，抓住她的手臂。

她定了定神，又说道：

“但有一个事实可以解释一切，你为什么不敢把它说出来？”

“是什么？”

“我老了。”

“别说了！”

我立即反驳她，说我也一样在变老，而我们之间的年龄差从来不会改变；而这会儿她已恢复镇定，在我忙着争辩的间隙，唯一重获她芳心的机会已经溜走，我失去了优势。脚下的地面就此全面崩塌。

两天之后，怀着对自己和艾丽莎的不满，我离开了丰古泽马尔。我心中对一直以来信奉的“美德”产生了隐隐的怨愤，也对这件始终萦绕心头难以释怀的心事有了埋怨。在最后这次见面中，我似乎过分夸大了这份爱情，最终耗尽了我的热情。艾丽莎说的每句话，乍听之时我会奋起反驳，但在我的申辩之音平息过后，它们却以胜利之姿，重又活跃在我脑海里。唉！毫无疑问，她说得是对的。我钟爱的不过是个影子！我曾经爱过并依然爱着的艾丽莎，已不复存在……想必，我们真是老了吧！所有诗意的美好从此消失，在现实面前，我心生恐惧和寒意。万物轮转，我们不过是遂了自然的规律。我一点点将艾丽莎抬到高位，将她视作偶像一般供奉，并用自己喜爱的一切美化了她。这番苦心经营，如今除了满心疲惫，还剩下什么？一放任自流，艾丽莎便降回到平庸的层次，我也同她一起降落，而在那个层次，我发现自己失去了爱她的渴望！我竭尽全力追求美德，只为与她在同一个高度相见；如今看来，我纯粹是凭借一己之力抬高了她，这是多么荒诞和虚幻！如果不是那么自负，我们的爱情或许会来得更容易一些……然而，从此以后，坚守一份失了对象的爱恋，还有什么意义吗？这就是固执，而不是忠诚了。忠于什么？一个幻想吗？直接承认是自己弄错了，难道不是更明智吗？

这期间，我获得了一个去雅典学院深造的机会，便立即答应下来，倒不是怀着多大抱负和兴趣，而是一想到离开这里就高兴，我急不可待地想要逃离这一切。

第八章

但我还是再次见到了艾丽莎。那是三年后，临近夏末。十个月前，我曾收到艾丽莎的来信，告知我舅舅离世的消息。我当时正在巴勒斯坦旅行，便立即给她写了一封长信，但未收到任何回信……

后来，不知是为何差事，我回到了勒阿弗尔。一种油然而生的意念，驱使我信步来到丰古泽马尔。我知道在这里能见到艾丽莎，可又担心她身边还有旁人。我没有事先知会，也不愿意像普通宾客那样登门拜访，于是踟蹰不前，心生迟疑：是进去呢？还是不要见直接离开的好？当然，还是不要见了。我只想在林荫路上走一走，在那长凳上坐一坐，或许她时常还会去闲坐……我甚至开始考虑留下个什么标记，好在我走后，让她知道我来过……我就这样边想边缓步走着，既已决定不见面，内心悲怆的凄苦就化为淡淡的忧伤了。我来到林荫道，怕被人撞见，便沿着田庄大院边缘路堤下的小道散着步。我知道路堤上有一处可以俯瞰花园，便攀爬了上去。一名我不认识的园丁正在耙平花园的小径，之后很快就消失在我的视野里了。大院装了新的栅栏门，看门的狗听见我经过，便吠了起来。再往前，林荫道到了头，我就向右拐，又来到花园的围墙下。我正准备去山毛榉林边走走——它与刚经过的林荫道平行，却碰巧路过了菜圃旁的小门，这时一个念头突然蹦出来：从小门进花园去。

小门插着，但是门闩不堪一撞，我正要用肩头撞开……这时忽听有脚步声，我便躲到墙角。

我看不到是谁从花园里走了出来，但是听脚步声，我感觉是艾丽莎。她往前走了三步，然后轻声问道："是你吗，杰罗姆？"

我怦怦狂跳的心，在这一刻僵住了，喉咙也发紧，说不出一句话来。她又提高嗓门问道：

"杰罗姆，是你吗？"

听到她这样呼唤我，我心情激动极了，不禁跪倒在地。我依旧未作声，艾丽莎又往前走了几步，然后转到墙角来。刹那间，我感觉她靠了过来。像是害怕自己会突然看见她，我用胳膊挡住了自己的脸。有那么一会儿，她俯身看着我，而我则一遍遍亲吻她两只纤弱的手。

“你为什么躲起来？”她问得很随意，就好像我们不是分别了三年，而是几天而已。

“你怎么知道是我？”

“我一直在等你。”

“你在等我？”我惊讶极了，只能简单地重复她的话来表示疑问。

她见我还跪在地上，便说道：

“走吧，去长椅那里。没错，我就知道还能再见上你一面。这三天来，每天傍晚我都来这里，像今晚这样呼唤你，你为什么不应声呢……”

第八章

"要不是你出来撞见了，我打算今晚面都不见就离开了。"我说道，并且极力控制自己刚见面时抑制不住的激动情绪。"我正好在勒阿弗尔办点事，便想过来，再在这林荫路上走一走，在花园周围转一转，到长椅上坐一会儿，想必你还常来坐坐，然后就……"

"瞧，这三天晚上，我都是在读这些。"她打断我的话，递给我一包信。我认出来，这些是我在意大利时写给她的。此刻，我才抬起头来认真打量她。只见她样子变了许多，面容消瘦，脸色苍白，我不觉心如刀绞。她紧紧依偎着我，压在我的手臂上，就好像感到害怕或者发冷似的。她还在戴重孝，因而头饰只戴了黑色蕾丝发带，而这衬得她的脸愈显苍白。她面带微笑，但孱弱的四肢似乎已无法支撑身体的重量。我担忧地问她，这段时间她是否独自一人住在丰古泽马尔；但不是的，罗伯特和她住在一起，朱丽叶和泰西埃也在八月份带着孩子来住过一段时间。我们来到了长椅处坐下，花了好一会儿工夫互相询问彼此生活的近况。

她还问及我的工作，我勉强作答，表现出一副对工作已失了兴趣的模样。我就是想辜负她的期望，就像她过去也常曾叫我失望一样。至于效果如何，我不得而知，因为她还是像往常一样，并没有将情绪显露出来。我心中爱恨交加，尽力让自己用最冷淡的语言与她交谈，但可恨的是，激动的情绪让我的舌头时而不争气地打颤。

夕阳西下，太阳在云朵后面躲了片刻，要落下地平线时忽又出现在天边，几乎正对着我们。金灿灿的颤动的光芒一瞬间铺满整个空旷的田野，我们脚下狭小的山谷也沐浴在万丈金光里。然后，它再次消失不见了。我心醉神迷，坐在凳子上一句话也说不出，我被包裹在这金色的光芒里，欣喜之情竟驱散了心中的怨恨，只觉爱意涌上心头。艾丽莎一直俯身偎着我，这时她直起身来，从上衣兜中掏出一个用薄纸包着的小盒，想要递给我，但又停下手来，似乎有些迟疑不决。她见我惊讶地看着她，便说道：

“听我说，杰罗姆。这是我的紫晶十字架，这三天傍晚我一直带在身上，因为，我早就想把它给你了。”

“我要它有什么用？”我相当生硬地问道。

“留着给你女儿戴吧，算是对我的纪念。”

“什么女儿？”我喊道，不解地看着艾丽莎。

“请你冷静一点，认真听我说……拜托别用这样的眼神看着我。我本就很难开口，但这些话不得不说。听我说，杰罗姆，你总有一天会结婚吧。不，先别回答，等我说完，求你了。我只想让你记住我曾经多么爱你，而且……这个想法在我心里装了三年了……我心想，你钟爱这枚紫晶十字架，或许有一天你的女儿可以戴上它，当作对我的纪念。噢！她不必知道这是谁的，或许你给她起名的时候……可以用我的名字……”

她停下来，声音哽咽。我几乎带着敌意地嚷道：

“那你干吗不自己给她呢？”

她还想再说些什么，但嘴唇颤抖个不停，就像抽噎的孩童，却没有流下眼泪。她的目光中闪烁着奇异的光辉，映衬着整张脸有一种超凡脱俗的美，就像是下凡的天使。

“艾丽莎，我还会娶谁呢，你知道在这个世界上，我唯一爱的人是你……”我突然疯狂地一把抱住她，近乎粗鲁地将她搂在怀里，用力亲吻她的嘴唇。有一瞬间，她似乎顺从了，半倒在我怀里，只见她的眼神变得模糊，继而合上眼帘，同时又以一种在我听来无比准确、无比和谐的声音说道：

“可怜可怜我们吧，亲爱的！不要让这份爱万劫不复。”

或许她还说了“不要怯懦”，但也许这只是我心中自己鼓励自己的声音，此时我已分辨不清。我忽地跪倒在她身前，情真意切地抱住她，说道：

“如果你也爱我，那为何要一直拒绝我呢？想想看，我先是等朱丽叶结了婚，因为我明白，你是想等朱丽叶获得幸福。你亲口告诉我说现在她生活美满。之后有好长一段时间，我以为你是不愿意离开你的父亲，可如今他已离世，只剩我俩形单影只。”

“哦！过去的就不要再遗憾了。”她喃喃道，“我已翻过了这一页。”

“现在还来得及，艾丽莎。”

“不，亲爱的，来不及了。还记得那一天吧，我们出于相爱，就对彼此抱着高于爱情的期望，从那一天起就来不及了。因为你，亲爱的，我的梦飞升到了极高的境地，任何尘世间的欢乐都会使它跌落。我时常想象我们在一起生活的场景：一旦我们的爱情不再完美，我就无法容忍……”

“那你想象过我们失去对方以后的生活吗？”

“没有！从未想过。”

“现在你看到了，没有你的这三年里，我都是在痛苦地流浪。”

夜色渐浓。

“我好冷。”她说着站起来，用披肩裹紧身子，让我没法再挽着她的手臂了。“你还记得《圣经》里的一句话吗？我们以前总是无法理解透彻，还为此惴惴不安。它是这样说的：他们没有得到许诺给他们的东西，因为上帝给他们保留了更美好的……”

“你依然相信这句话吗？”

“不得不信。”

我们继续并排走着，谁也没有再说话。过了一会儿，她才接着说道：

“你能想象到吗，杰罗姆？更美好的东西！”突然，泪水从她眼中夺眶而出，她又一次说道："那便是最美好的！"

我们又走到了她一开始出来的那个菜圃小门。她转向我，说道："别了！不，不要再往前走了。别了，我的爱人。最美好的……现在要开始了。"

有那么一会儿，她注视着我，双臂搭在我的肩膀上，想要拉近我，又想要推开我，她的眼中充满了浓浓的爱意。

小门重新关上，一听到她在里面插上门闩的声音，我便贴着门边滑落下去，瘫倒在地。一股强烈的绝望席卷而来，我在黑夜中哭泣了很久。

为何不去挽留她，为何不冲开门，不顾一切地闯进这所我明知不会遭到拒绝的房子……不，即使到今天，当我再去回顾这段往事时，我发觉自己依然无法做到。那些在这一点上不理解我的人，只表明他从头至尾就没读懂我。

之后的几天，我感到极度不安，甚至到了无法忍耐的地步。于是，我写信给朱丽叶，告知她我到访过丰古泽马尔，见到艾丽莎苍白又消瘦，这让我无比担忧。我请求她多加留意，并给我捎来消息，因为我不指望艾丽莎会给我写信了。

信寄出不到一个月，我就收到了下面的回信：

亲爱的杰罗姆：

我恐怕要告诉你一个十分悲痛的消息：我们可怜的艾丽莎已经不在人世了。唉！你在信中表达的担忧一点没错。过去几个月来，艾丽莎日渐消瘦，却没有任何明确的病症。我再三恳求，她才同意去看A医生。之后医生给我写了信，表示艾丽莎的身体并无大碍。但是，就在你探望她后的第三天，她突然离开了丰古泽马尔。还是罗伯特写信告诉了我这个消息。艾丽莎很少给我写信，所以若不是罗伯特，我根本不知道她离家出走了，就算她音信全无，我可能一时半会儿都不会惊慌。我狠狠地责备罗伯特，不该放任她独自离开，应当陪着她一起去巴黎。你相信吗？从那时起，她就下落不明了。

你可以想象我有多么担心，既见不到她，又无法给她寄信。几天后，罗伯特也动身前往巴黎，但他在那里并没有找到艾丽莎的踪迹。罗伯特向来懒散，我们怀疑他是否尝试了所有办法。我们那时不得不报警了，因为这种生死未知的状态太折磨人。爱德华也去找了，最后我们终于发现艾丽莎藏身在一家小疗养院里。可惜，一切都已经太迟了！我收到疗养院院长的一封信，通知我她去世的消息，同时也收到爱德华的电报，说他甚至未能见上她最后一面。她临终那天，将我们的地址写在一个信封上，好让人通知我们。在另一个信封里，是她寄给勒阿弗尔公证员的信，其中包括她的遗嘱。这封信中有一段和你有关，之后我会告诉你。爱德华和罗伯特参加了前天举办的葬礼，他们一直护送她的灵柩到墓地，一起送她的还有疗养院的几位病友。而我因为第五个孩子这一两天就要出生了，所以没能去参加。

亲爱的杰罗姆，听到这个噩耗你一定悲痛万分，我给你写信时同样心痛欲裂。这两日，我没法下床，写字也很吃力，但是我不愿让任何其他人代笔，就算爱德华和罗伯特也不行。他们岂能如我这般与你谈论艾丽莎！在这个世界上，无疑只有你我二人最了解她。现在，我差不多是个老主妇了，滚烫的过去已落上一层厚厚的灰尘，我期待能再见见你。无论是为了公务还是旅游，如果你来到尼姆，请一定顺道来艾格维沃。爱德华会很高兴认识你，我们俩也可以一同追忆艾丽莎。

再会，亲爱的杰罗姆。

怀着一颗沉痛之心拥抱你。

几天之后我便得知，艾丽莎将丰古泽马尔田庄留给了她兄弟，但是要求将她房间的所有物品和她指定的几件家具，全部寄给朱丽叶。不久，我将会收到一封密封好的写有我名字的信函，里面是一些文稿。我还得知她要求给她戴上紫晶十字架，正是最后一次相见时我拒收的那枚。爱德华告诉我，她如愿以偿了。

公证人给我寄来了一包密件，里面装有艾丽莎的日记。我在这里抄录多篇——只是抄录，不加评语。不难想象，我读这些日记时的反应，心中的触动难以言喻。

艾丽莎的日记

艾格维沃

前天从勒阿弗尔动身，昨天到达尼姆。这还是我头一回出远门！不用操心家务，也不必动手做饭，不免有点儿无所事事。今天，188× 年 5 月 23 日，正逢我二十五岁生日，我开始写日记——虽无多大乐趣，也算有点事儿干。有生以来，这也许是我第一次感到孤独；来到异乡，这片土地于我而言近乎陌生。它要向我讲述的，一定与诺曼底向我讲述的类似，与我在丰古泽马尔百听不厌的东西也一样，因为无论在哪里，上帝都不会变样。但是，这片南方的土地在用一种我从未学过的语言进行讲述，我听着不免感到奇特。

第八章

5月24日

朱丽叶在我身边的躺椅上打盹。我们所在的露天走廊，给这座意大利式住宅增添了魅力，它与连接花园的庭院齐平——庭院里铺着碎石。朱丽叶待在躺椅上，就能顺着起伏的草坪望见水塘，望见水面上嬉戏的一群五颜六色的野鸭，以及游弋的两只天鹅。据说水源是一条小溪，夏季从不枯竭；不过，小溪穿过园子，穿过越来越荒凉的树丛，在干涸的灌木丛和葡萄园之间变得越来越窄，很快就完全窒塞了。

昨天爱德华·泰西埃带父亲参观了花园、农场、贮藏室和葡萄园，而我一直陪着朱丽叶。因此，今天清早，我第一次到花园里散步，独自游荡探索。这里有许多花草树木我都不认识，我很想知道它们的名字，于是便从每种植物上折下一小枝，好在吃午饭的时候请教别人。我认出了一种，就是杰罗姆在博尔盖萨别墅或多里亚·庞菲利那儿赞赏过的青橡树。它是我们北部橡树的远亲，但是外观差异极大；这些树遮蔽着园子尽头一块狭小而神秘的空地，底下是软绵绵的草坪，像是为了引来仙女驻足歌唱。我对大自然的情感，在丰古泽马尔时被打上深深的基督教烙印，到了这里，却不由自主地染上神话色彩，我不免惊讶，甚至有点惊慌。

然而，对我更具压倒性的敬畏之情，还是宗教性的。我叨念着：这是树林。这里空气特别清新，周围静得出奇。我想到俄耳甫斯，想到阿尔米达，这时忽听一声鸟啼，就在身边，极其婉转清脆，就好像整个大自然都在等待这声啼叫。我的心剧烈地跳动，靠在一棵树上待了片刻，这才回房，而其他所有人都还没有起床。

第八章

5月26日

还是没有杰罗姆的信件。他的信即使寄往勒阿弗尔，也该转寄过来了……我的不安心情，也只能对这本日记诉说；三天来，无论是昨天的莱博小镇之行、看书还是祈祷，都无法使我轻松片刻。今天，我也没有别的什么可写：我到达艾格维沃之后，心里就总是有一种难以言说的忧伤，也许没有别的缘故——这种忧伤，在我内心的极深处，好像它早就在那儿了，只是一直以来被我引以为豪的“快乐”掩盖了。

5月27日

为什么要欺骗自己呢？是理智让我对朱丽叶的幸福感到高兴。我曾经多么诚心地祝愿她获得幸福，甚至愿意为之牺牲我自己的幸福，今天我却痛苦地看到，这幸福来得如此容易，同我们二人当初想象的大不一样！这事儿多复杂啊！是的……我清晰地感觉到一种可怕的自私心理回到我身上：看到朱丽叶在别处寻到了幸福，而不需要我做出的牺牲，这让我感到受了伤害，就好像她无须我做出牺牲就已经可以获得幸福了。

现在，因为没有杰罗姆的消息我就惴惴不安，或许我应当扪心自问：自己当初做出牺牲是心甘情愿吗？感到上帝不再要求我这样做，我就觉得蒙受了屈辱。难道一开始我就不该做出牺牲吗？

5月28日

这样剖析我的伤感，该有多么危险！我对这本日记产生了越来越强的依赖。我原以为自己已经克服了矫揉造作的心理，难道又要在这里重演吗？不行，但愿这本日记不要充当我心灵顾影自怜的镜子！我写日记不是像我开始所想的那样出于无聊，而是由于内心不时泛起的忧伤。忧伤是一种“犯罪的心态”，我早就想摆脱它，而且憎恨它，我要“简化”我的灵魂，清除这种状态。这本日记应当助我的心灵重获快乐。

忧伤是一种复杂的情感。以前，我从不分析自己的快乐。

在丰古泽马尔，我也是一个人，比在这里还要孤单……可是，当时怎么并不觉得忧伤呢？杰罗姆从意大利给我写信来的时候，我乐意他独自去游览这个世界，也乐意他没有我独自生活，只要我的思想追随他，分享他的快乐就行了。然而现在，我情不自禁地呼唤他，觉得没有他，目之所及的一切都令人厌烦……

6月10日

这本日记刚起了个头，就中断这么久，只因小莉丝出生了，我长时间在朱丽叶身边守着。能写信告诉杰罗姆的事情，我便没兴趣在日记里重述一遍。我要避免许多女人烦人的通病：日记写得太琐碎。这本日记，我要当作自我完善的一种途径。

接下来的好多页都是她的读书笔记和摘抄的段落等等。接着，又是她在丰古泽马尔写的日记：

7月16日

朱丽叶生活幸福。她是这样说的，看起来也的确如此；我没有权利，也没有理由怀疑……然而，我在她身边的时候，心中总有一种美中不足、颇不舒服的感觉，这是从何而来呢？也许是感到这种幸福太实际了，得来太过容易，对朱丽叶来说恰如其分，反而好像束缚并窒息了她的灵魂……

现在我不禁扪心自问，我想要的究竟是幸福，还是追寻幸福的过程。主啊！请别教我得到极快就能实现的幸福！教我学会拖延，推迟我的幸福，直到来到您的身旁。

接下来有许多页被撕掉了，毫无疑问，里面一定记述了我们在勒阿弗尔那次令人痛苦的重逢。直到第二年，日记才又接续起来，但是没有注明日期，不过可以肯定是写于我在丰古泽马尔逗留期间。

我有时听他说话，就仿佛看着自己在思考。他解释我的情况，向我本人揭示我自己。没有他，我还算存在吗？只有和他在一起我才算存在……

我有时也会犹豫，我对他的感情，真就是人们口中所说的爱情吗？人们一般描绘的爱情和我所想象的爱情相去甚远。我希望对自己的这份爱情缄口不言，爱他却不自知，尤其希望爱他却不让他知道。

如今没有他在身边，生活中的任何事都无法在我心中激荡起涟漪。我的全部美德仅仅是为了取悦他，然而我一到他身边，却又觉得自己的美德不堪一击。

我以前喜欢弹钢琴练习曲，是觉得每天都会取得点进步。这可能也是我爱读外文书的秘密所在：倒不是说我偏爱任何外文多过本国语言，也不是说我所欣赏的本国作家不如外国作家，而是外文书中的含义和情绪要费些心思琢磨，一旦琢磨透了，并且理解得越来越透彻，便会无意中萌生一种自豪感。这在精神的愉悦之上，又给我增添了无以名状的心灵上的满足，而我似乎离不开这种心灵的满足。

如果不取得点进步，无论多么幸福也不是我想要的状态。我所想象的天堂之乐，并不是将灵魂依附于上帝的混同状态，而是持续不断而又永无止境地努力靠近他……如果不怕玩弄字眼儿的话，我会说只要不是“进步性”的快乐，我一概不屑一顾。

今天早晨，我们两人坐在林荫路的长椅上；我们一句话也不讲，也觉得无须讲什么话……突然间，他问我是否相信来世。

“哦，杰罗姆，”我立刻高声说道，“我不只希望有来世，更确信会有来世……”

我猛然感到，我的全部信念，都体现在这声叫喊里了。

“我很想知道，”他又说道……他停了片刻，接着说，“如果没有信仰，你的生活态度会不同吗？”

“我怎么知道呢？”我回答，继而又补充道，“就说你本人吧，亲爱的，在最热忱的信念驱使下，你的生活态度也无论如何不会变成其他样子。如果你变了，我也不会再爱你了。”

不，杰罗姆，我们努力追求美德，不是为了在来世获得报偿；我们的爱情也不是为了寻求回报。苦尽甘来的念头，是对天生高尚心灵的一种亵渎。美德并不是高尚心灵的一件装饰品，不，它是心灵美的一种外在表现形式。

爸爸的身体又不大好了，但愿没有大碍，可是一连三天他都只能喝牛奶。

昨天晚上，杰罗姆上楼回房之后，爸爸和我又多待了一会儿，中间有几分钟他出去了。我独自一人坐在长沙发上，确切地说是躺了下来，不知为什么，我几乎从未以这样的姿势躺下过。灯罩笼住灯光，我的眼睛和上半身都处在阴影里，脚尖却从衣裙下稍微露出来，正好映上一点灯光，我怔怔地注视着自己的脚尖。这时，爸爸回来了，他在门口顿了片刻，神情古怪地打量着我，像是在微笑，但又面露忧伤。我隐隐有点儿不好意思，就急忙坐起来；于是，他向我招了招手。

“过来坐我身边。”他对我说道。尽管已经很晚了，他却开始谈起我母亲——自从他们分开后，他还从未提起过她。他向我讲述是如何娶了她，他多么爱她，以及在最初的日子，母亲对他来说多么重要。

“爸爸，”我终于问道，“请你告诉我，你干嘛今天晚上对我讲这些，是什么缘由，非得让你今天晚上对我讲这些？”

“因为我刚回客厅，见你躺在长沙发上，一刹那间似又见到了你母亲。”

我对这一刻记忆犹新，是因为这天晚上……杰罗姆站在沙发背后，俯身从我的肩头看我手中捧的书。我看不见他，却能感觉到他的气息，还有他身体传出的热气和颤动。我佯装继续看书，可是我的思绪凌乱了，一行行文字变得模糊，心中莫名窘迫不安。趁着还能做到，我急忙站起身，离开客厅一会儿，幸而他什么也没看出来……后来，客厅只剩下我一人了，我就躺在了沙发上；爸爸觉得我当时的样子很像母亲，碰巧我当时脑海中也正想着母亲。

昨天夜里，我辗转反侧难以入眠，沉重的往事像浪潮一样涌上心头，让我内心充满不安、苦闷和痛苦。主啊，教会我去辨识一切虚假外表下掩盖的丑陋吧。

可怜的杰罗姆！他哪儿知道，有时他只消一个举动，便正好迎合我内心的期待……

我还是小姑娘的时候，就为了他而希望自己能漂亮点儿。现在想来，我从来都只是为了他才“追求完美”，而这种完美，又只能在没有他的情况下才会达到，上帝呀！您的教诲中，正是这一条最令我的心灵困扰。若能将美德与爱情融合，那该是多么幸福的事啊！有时我会产生这样的疑问：除了爱，尽情的爱，永无止境的爱，是否还有别的美德……然而有些日子，唉！在我看来，美德不过是对爱情的阻挠。什么？我内心最自然的倾向，竟敢称之为美德？哼，诱人的诡辩！花言巧语的诱惑！骗人的幸福幻景！

今天早晨，我在拉布吕耶尔作品中看到这样一段话：

“在人生中，有时我们虽遇到了那无比珍贵的欢乐和柔情似水的承诺，但它们却往往像“禁令”一般触不可及，想要摆脱这种‘禁令’而拥有它们也是人之常情。这种欢乐与承诺的魅力是如此之强，唯有美德能与之抗衡，唯有美德才能教人甘心将其放弃。”

为何我会在此臆想出这些“触不可及”的事物呢？难道还有比爱情更强大、更甜美的魅力在暗暗吸引我吗？啊！若能借助爱情的力量，让我们两人的灵魂到达超越爱情的境地，那该有多好！

唉！现在我再明白不过了：阻隔在他和上帝之间的，唯独是我这个障碍。若如他所言，他对我的爱当初引他靠近上帝，那么如今，这份爱倒成了他的阻碍。他依恋于我，驻足于我，视我为崇拜的偶像，这也就阻碍了他在美德的大道上阔步前行。我们二人必须有一个先行到达那种境界；

可是我的心太懦弱，无望克服爱情，上帝啊，那就允许我，赋予我力量，好去教他不再爱我吧！我愿牺牲自己的功德，将他无限美好的功德献给您……今天，我的心灵因为失去他而哭泣，但也是为了有朝一日我们能同在您的面前再聚首……

我的上帝啊！告诉我，还有哪个灵魂比他更配得上来到您面前？他生在这世上，难道就没有比爱我更高的追求吗？他若是在我这便停下前进的脚步，我还会同样爱他吗？一切本可升华至崇高的东西，如若沉湎在幸福里，会变得多么狭隘啊！

星期天

“上帝为我们保留了更美好的……”

5月3日　星期一

幸福就在眼前，近在咫尺，只要一伸手，就

能抓住……

今天早晨我同他谈了话，并做出了牺牲。

星期一晚上

他明天就要走了……

亲爱的杰罗姆，我怀着无限深情，始终爱你，但是这份爱永远不能对你讲了。我给自己的眼睛、嘴唇和心灵强加了严厉的束缚，因而同你分离，对我来说倒成了一种解脱、一种苦涩的满足。

我尽量理性行事，然而一行动起来，促使我行动的那些道理就消失不见，或者在我看来变得荒谬了，于是我不再相信这些所谓的道理……

那促使我逃避他的道理呢？我也不再相信了……不过，我还是照样逃避他，尽管心怀忧伤，而且不明白自己为何要逃。

第八章

主啊！杰罗姆和我，我们走向您，相互鼓励，携手前行，如同两个虔诚的朝圣者，有时一个对另一个说："你若是累了，亲爱的弟弟，就靠在我身上吧。"而另一个则回答："只要感到你在我身边就足够了……"可是不行啊！您给我们指出的这条路，主啊，是一条窄路，极窄，容不下两个人并肩而行。

7月5日

我已有六周多没打开日记本了。上个月，我重读了之前写的几页，突然产生了一种荒唐的、有罪的念头：得好好写……好拿给他看……

我一开始写日记，是为了要摆脱他，现在却好像在继续写信给他。

我觉得"好好写"（我知道其中的含义）的那些页，我统统撕毁了。凡是谈及他的部分，也该全部撕掉，甚至应当撕掉整个日记……可我未能做到。

我撕毁那几页后，就有点儿洋洋自得了……如果不是我的心病得这么重，我一定会觉得自己的得意有点好笑。

我确实感到自己干了件非同寻常的事，撕掉的都是最为重要的东西！

7月6日

我得远离我的书架了……

我试图在一本书中逃避他，却又在另一本中发现他的踪迹。即使是我自己新发现的篇章，也仿佛听到他为我朗读的声音。只有他感兴趣的，才会吸引我。我的所思所想皆照着他的思想而形成，以致我难以将两者区分开来，就在以前，我经常因我们思想的默契交融而欢欣。

有时，我故意强迫自己将日记写得乱糟糟的，以摆脱他惯用的行文节奏。但即使这种与他抗争的努力，也只能表明我时刻都在想着他。我干脆决定，在一段时间里，我只读《圣经》(或许也可以读读《效法基督》)，而且在日记里，也只记下每晚阅读的主要章节。

之后的日记像是对每日“精神食粮”的记载，自7月1日起，她每天都记录一句话，前面标明日期。我在这里只抄录附有评语的几段。

7月20日

“将你所拥有的全部变卖，分给穷人吧。”

照我的理解，我这颗只属于杰罗姆的心，也应当分给穷人。那我是否应教他也这样做呢？

主啊，请赐给我勇气。

7月24日

我读不下去《永恒的安慰》了。文中的古语令我深深着迷，却也使我心有旁骛。我从中尝到了一种近乎异教徒的欣喜，违背了我想要从中获得教诲的初衷。

我再次捧起《效法基督》，不过不是难懂的拉丁文版本。我读的是译本，甚至没有署名，但我很喜欢。当然这是新教出的，但署名旁注明“适合所有基督教团体阅读”。

“啊！你若知道在追求美德的道路上前行，自己会获得多大的平静，又能给别人带去多少欢乐，便会更加义无反顾了。”

8月10日

上帝啊，我向您呼喊，怀着孩童般的激动信仰，使用天使般的超凡声音……

这一切，皆因您而发，而非因为杰罗姆。

可是，为何在您与我之间，始终横亘着杰罗姆的影子呢？

8月14日

再有两个月便可完成这项工作了……主啊！请向我施以援手吧。

8月20日

我忧伤地感觉到，我心中所期望的牺牲并未完成。上帝啊，请点醒我，曾经唯有他能带给我的快乐，完全是您赋予的！

8月28日

我所达到的美德的境界是多么平庸，多么可怜啊！难道是我太苛求自己了吗？——不要再为此痛苦了。

我的内心有多怯懦，才会不停地乞求上帝赐予力量！现在，我的全部祈求都充满着声声哀怨。

8月29日

“瞧瞧那田野里的百合花……”

这样简单的一句话，却让我整个早晨陷在忧伤之中，无法自拔。我走向田野，情不自禁地重复着这句话，心头和眼里都泛起泪水。我眺望空旷的平野，只见农民弯腰扶犁艰难地耕地……“田野里的百合花……”上帝啊，它们在哪儿呢？

9月16日　晚上10点

我又见到他了。他就在这所房子里。我望见他窗口的灯光映在草坪上。当我写下这几行字时，他还未睡，也许是在想我。他没有变，他是这样告诉我的，而我的感觉也是如此。我能按照自己决定的那样去表现，以打消他继续爱我的念头吗？

9 月 24 日

噢！这是多么折磨人的谈话啊，我努力装出无动于衷、冷若冰霜的样子，我的心却如醉如痴……在此之前，我满足于一味躲避着他。今天早晨，我感到上帝给了我足以制胜的力量，况且一味逃避斗争也是怯懦的表现。我胜利了吗？杰罗姆对我的爱有减少几分吗？……唉！这是我既希望又害怕的事情——我从未比现在更爱他。

主啊，如果必须毁灭我，才能将他从我身边拯救，那就下手吧！……

“请您进入我的心中和灵魂里，以便将我的

痛苦带走一些，使我能够忍受余下的苦难。”

我们聊到了帕斯卡尔……我说了些什么呢？难道尽是一些可耻而又愚蠢的话语？说出它们的时候我已百般痛苦，今晚想起时更是懊悔万分，仿佛亵渎了神灵。我再次拿起沉甸甸的《思想录》，书页自动翻开，展示在我眼前的，正是致德·罗阿奈兹小姐信里的一段话：

“若自愿跟随牵引我们的人前行，便不会感到绳索的拖拽；但若开始反抗并背离，那必将遭受痛苦。”

这些话直截了当地触动了我；我没有力气再读下去，便翻到另一处，发现一段妙文，我从未看过，便抄录下来。

第一本日记到此结束。第二本肯定被她销毁了；因为艾丽莎留下来的部分，是三年后在丰古泽马尔写的，那是九月份，即我们最后一次见面前不久。

最后这本日记的开头是这样写的。

9月17日

上帝啊，您最清楚，我需要有他在才能爱您。

9月20日

上帝啊，把他送到我面前，我便把心交给您。

上帝啊，只要能让我再见他一面就够了。

上帝啊，我承诺必将这颗心交给您。请赐我爱之所求，我便将余生都奉献给您。

上帝啊，请原谅我这可鄙的请求，但我无法不提及他的名字，也无法忘却心中痛苦。

上帝啊，我向您呼喊，请不要丢弃我，不要

让我在痛苦里沉沦。

9月21日

“你们向天父请求的一切，都是以我的名义……”

主啊，我不敢假借您的名义……

但是，如果我不再祈祷，难道您就不那么了解我心中的妄念了吗？

9月27日

从今天早晨起，我的内心一直十分平静。昨晚，我几乎一整夜都在冥思、祈祷。忽然之间，一种像是发着光的宁静环绕在我的周身，潜入我的心田，犹如儿时我所想象的圣灵降临。我当即躺下，唯恐这种喜悦仅仅是一时兴奋。很快，我就带着这种欢愉进入了梦乡。今天早晨起来，这种心情依旧。现在我确信他要来了。

9月30日

杰罗姆！亲爱的，我还会将你称作我的兄弟，但是我对你的爱，远超手足之亲情……无数次，我在山毛榉树林里呼唤你的名字！每日黄昏时分，我就从菜园的小门出去，走上已经暗下来的林荫路……你也许会突然应声回答我的呼喊，出现在我热切找寻你的石坡后面；或者，我会远远望见你，望见你坐在长椅上等我，我的心可能不会狂跳……反而，没有见到你的话，我会有些惊异。

10月1日

还是不见他的身影。太阳沉入无比纯净的天幕。我还在等待，相信过不了多久，我就会和他并肩坐在那张长椅上……我已经听到他的声音在耳边响起。真喜欢听他叫我的名字……他会来的！我要将自己的手放在他手中，额头靠在他肩上。我要贴着他呼吸。昨天，我随身带了他以前写的几封信，打算再读一遍，可是我满脑子都想着他，便没有看信。我还带着他喜爱的那枚紫晶十字架，记得有一年夏季，在我不愿意他走的日子里，每天晚上我都戴着它。

我打算把这枚十字架交还给他，并且长久以来，我都有一个念头：他结了婚，我是长女小艾丽莎的教母，我会将这个首饰送给她……为什么我一直未敢对他讲呢?

10月2日

今天我的心情轻盈欢快，宛若一只在天空筑了巢的雀儿。他今天一定会来，我有这种感觉，也确信如此；我真想把这事儿高声向所有人宣扬，也必须在此记下一笔。我再也无法掩饰自己的喜悦了。就连一向心不在焉、对我漠不关心的罗伯特，也注意到了我的情绪变化。他的探问让我心慌意乱，不知如何回答。我该怎样度过今天的时光，挨到晚上呢？

不知怎的，我的眼上好像蒙了一层奇异而透明的布——杰罗姆的身影到处都是，而且不断放大，它将所有爱情的光芒凝聚在我这颗心唯一的焦点上，灼伤着我。

噢！这样的等待，实在让人心累！

主啊！那通向幸福的大门，请稍微向我打开片刻吧。

10月3日

唉！一切都烟消云散了！他好似影子一般从

我的怀抱里消逝。他刚还在这儿！就在这儿！我还能感觉到他。我呼唤着他。我的双手、我的嘴唇，在黑夜里徒劳地寻找他……

我无心做祈祷，又不能安稳入睡。我再一次出来，走进黑漆漆的花园里。无论是待在卧室里，还是待在房子的某一个角落里，我都感到害怕。万分痛苦之下，我一直走到同他分开的那扇小门旁，重新打开门，异想天开地希望他又回来了。我呼唤他，在黑暗中无助地摸索，又回到房中给他写信。我无法承受自己的哀痛。

究竟发生了什么？我对他讲了什么？我又做了什么呢？在他面前，我为何总忍不住去夸大自己的美德？我自己心中都已经否定了的美德，说出来又能有多大价值呢？我暗中违背上帝教导我说的话……满腹的心里话，却一句也没有道出来。杰罗姆！杰罗姆，我痛苦的爱人，我一在你身边就好似肝肠寸断，离开你又痛不欲生。我刚才对你所说的话语，只倾听我向你表达爱意的那部分吧。

信撕了又写……天已拂晓，灰蒙蒙的仿佛浸透了泪水，同我此刻的思绪一样愁惨……我听见田间开始农作的响动，沉睡的万物苏醒过来……“现在，该起来了，时辰已到……”

这封信我不会寄出。

10月5日

善妒的上帝啊，您既已掠夺了我的一切，就把我的心也拿走吧。从今往后，这颗心失了热情，不会再对任何东西产生兴趣。请赐给我力量，让我能战胜残余的悲伤吧。这所房子、这座花园，都在煽动我心中爱情的火苗，这让我无法忍受。我要逃离，逃到一个只能见到您的地方。

请帮助我，让我将全部财富都分给穷人。不过，我不忍心卖掉丰古泽马尔，还是把它留给罗伯特吧。我已立好遗嘱，但是大部分必要的手续还不清楚。昨天，我并未和公证人谈透，怕他猜出我的决定，继而去通知朱丽叶或者罗伯特……剩下的到巴黎之后再补齐吧。

10月10日

抵达这里时，我已筋疲力尽，头两天不得不卧床休息。他们不顾我的反对，请来了大夫。大夫认为我必须做手术。反抗有什么用呢？我没有费多少唇舌就说服他，我特别怕动手术，希望等“体力恢复一点儿”再说。我隐姓埋名，也没有透露住址。但是我向疗养院办公室交了一大笔钱，足以让他们痛快地接收我，只要上帝认为有必要，我就能一直在这里生活下去。

我挺喜欢这个房间的。室内干净整洁，无须在墙上增添任何装饰。我十分诧异，感到自己的内心有一种近乎快乐的情绪，这表明我对生活不再抱任何期望了。因为现在，我必须满足于只和上帝同在，而上帝的爱只有占据我们的整个身心时，才会无比美妙……

我随身只带了《圣经》；不过今天，我心中回响着一个声音，它比我读到的其他话语都更高昂，那是帕斯卡尔一声激动的呼喊：

“除了上帝，再没有什么能满足我的期待。”

噢！我这颗不明智的心，竟曾渴望过人间的欢乐！

主啊，您剥夺我的一切，就是要教我也发出这声呼喊吗？

10月12日

您快来主宰吧！快来主宰我的心，并做我唯一的主宰，统治我整个身心。我不想再对您心怀怨恨了。

我整个人仿佛已经垂垂老矣，心灵却仍保持着一份奇特的稚气。就好像我还是当年那个小姑娘，屋子必须收拾整洁，脱下的衣裙必须叠好放在床头，我才能睡着觉。

我死的时候，也想要这样。

10月13日

在销毁之前，我将这本日记重读了一遍。“伟大的心灵不该散布自己的惶惑之感。”这句美妙的话，我想是出自法国王后克洛蒂尔德德沃之口。

我正要将日记投入火中，却好似有一声提醒

制止了我：这本日记已不属于我本人，它完全是为杰罗姆而写，我没有权利将其从他手中夺走。我的种种担心、种种疑虑，今天看来十分可笑，也微不足道，相信杰罗姆并不会受到纷扰。上帝啊，希望他在读到这些日记时，能偶尔捕捉到从我内心发出的笨拙声调：这颗心在狂热地渴望，要把他推上我本人万难抵达的美德之巅。

“我的上帝，请带我登上我抵达不了的岩巅。”

10月15日

“欢乐，欢乐，欢乐，欢乐的泪水……”

没错，超越人世欢乐，超越一切痛苦，我能想见那种无与伦比的欢乐。我到不了的岩巅，我知道它的名字叫“幸福”……我也明白，若不追求幸福，此生便是虚度了……然而，主啊！您曾向放弃尘世欢乐的纯洁灵魂许诺“即刻就能幸福”，您的圣言说道：“死在主的怀抱里的人，即刻就能幸福了。”可是我苦苦等待，难道至死方能等到吗？我的信念正是在此刻动摇了。主啊！我用尽力气向您呼喊。我在漫漫黑夜里煎熬，等待黎明的到来。我向您呼喊，到死方休。请来解除我心中的干渴吧。这幸福，我渴望马上就能得到……或者我应当说服自己，说我已经得到了？又或者，我该像那性急的小鸟一般，天不亮就叫起来，它们是在呼唤而不是宣告黎明——难道我也应该不等天放亮就开始歌唱吗？

10月16日

杰罗姆，我真希望能向你展示什么是完美的欢乐。

今天早晨，我翻肠倒肚，大吐了一阵，立

刻感到身子虚弱极了，一时间我以为自己就要死去。但并没有。起初，我感觉整个身心都极其平静；继而，一股悲痛席卷而来，使我的肉体和灵魂都颤抖起来，就好像我猛然醒悟，一下子看清了自己的人生。我仿佛第一次注意到，我房间里那光秃秃的墙壁看上去是多么凄惨。我害怕极了，便拿起日记写起来，为的是自我安慰，保持镇定。主啊！但愿我至死也不会说出一句亵渎神明的话。

我还能起床。我像个孩子一样，跪倒在地……

现在我只想死去，速速死去，防止孤独又一次将我吞噬。

去年，我再次见到了朱丽叶。距离她寄信告知我艾丽莎死讯的那天，已过去了十余年。当时我到普罗旺斯地区旅行，趁机在尼姆停留。泰西埃家的房子相当美观，位于喧嚣的市中心菲舍尔大街。我虽已提前写信告知，可是踏入门那一刻，心情还是颇为激动。

一名女仆将我引进客厅，没等多久，朱丽叶便进来了。我恍若看见普朗蒂尔姨妈：同样的走路姿势、同样的丰盈体态、同样让人喘不过气的热情。她一上来就询问我的情况，问题一个接着一个，让我来不及作答：问我职业发展如何，在巴黎住得怎样，有什么消遣和朋友，来南方做什么？还问我怎么不去趟艾格维沃呢？爱德华见到我会非常高兴的……紧接着，她又向我介绍家里所有人的情况，谈到她丈夫、几个孩子，还谈到她弟弟、上一季的葡萄收成，以及秋季的物价……于是我得知，罗伯特卖掉了丰古泽马尔，搬到艾格维沃来住，现在成为爱德华的合伙人，他留在葡萄园，负责改良品种并扩大栽植面积，而爱德华就能腾出手来在外跑业务，主要管销售事宜。

在说话的间隙，我的目光焦急地搜寻着，想找到些过往的痕迹。在客厅的新家具中间，我还真认出了几件来自丰古泽马尔的家具。我的心里激荡起阵阵涟漪，而朱丽叶似乎已将过去忘却，或者她有意绝口不提。

有两个男孩在楼梯上玩耍，看起来有十二三岁，朱丽叶把他们叫了过来给我介绍。大女儿莉丝随父亲去艾格维沃了。还有一个十岁的男孩出去散步，很快就会回来——他就是朱丽叶写信通知我那个沉痛消息时，提到的快要出生的那个男孩。那次朱丽叶有些难产，有好长时间身体都没有恢复过来；直到去年，她才一时兴起，又生了个女孩，听口气这是她最喜爱的孩子。

“她在我房间睡觉，就在旁边，”她说道，“过来瞧瞧。”我跟着她过去。

“杰罗姆，我在信里没敢问你……你愿意做这小丫头的教父吗？”

“当然，我很乐意，如果你希望这样的话。”我略感惊讶地回答道，俯身看向摇篮："那我的小教女叫什么名字呀？"

"艾丽莎……"朱丽叶低声答道："她长得有点像她，你不觉得吗？"

我紧紧握住朱丽叶的手，什么也没有说。小艾丽莎被妈妈抱起，睁开了眼睛，我便将她接到我怀里。

"你一定会成为一个很好的父亲，"朱丽叶说道，勉强一笑，"可你怎么还不成家，在等什么呢？"

"等着忘掉很多往事。"我回答说，却见她脸红了。

"你希望尽快忘掉吗？"

"我希望永远不忘。"

"跟我进来。"她忽然说道，带我走进一间更小的屋子。只见屋里已经暗了下来，一扇门通向她的卧室，另一扇门通向客厅。"我空下来的时候，就躲到这里来。这是家里最安静的屋子，在这里，我仿佛能有片刻可以逃避生活的烦扰。"

第八章

这间休息室同其他屋不一样，窗外不是闹市，而是栽满树木的庭院。

“我们坐一会儿吧，”她说着，便坐倒在一把扶手椅上，“如果我还算了解你，我想你是要忠于艾丽莎，永远怀念她。”

我没有立即作答，沉默了片刻。

“也许不如说，是忠于我曾经在她眼中的样子吧……不，别把我想得那么高尚。我觉得自己没有别的选择。我若是娶了另一个女人，也只能假装爱人家。”

“唔！”她淡漠地应了一声，却别过脸去，俯身看向地面，像是在寻找弄丢的什么东西。

“所以说，像这样一种无望的爱情，也能在人的心中留存如此之久？”

“是的，朱丽叶。”

“任由生活每日风吹雨打，也不会将这爱之火熄灭吗？”

暮色渐浓，犹如阴郁的潮水汹涌而来，将房间里的每件物品都淹没在昏暗中。所有物品却仿佛复活了一般，低声诉说着各自的往事。朱丽叶将姐姐的家具全都集中到这里了，我眼前又浮现出艾丽莎的房间。这会儿，她又将脸转向我，脸庞模糊不清，不知眼睛睁着还是闭着，但我觉得她美极了。我们二人都默然无语。

“好啦！”她终于说道，“该醒醒了……”

我看见她站起身，朝前走了一步，但似乎突然乏力，瘫倒在旁边的椅子上。她双手捂住脸，看样子是哭了……

这时，一名女仆端着油灯，走进屋来。